Frissons Nocturnes

Tome 4 : Nouveaux soupirs...

Bleue

FRISSONS NOCTURNES

Tome 4 :

NOUVEAUX SOUPIRS...

Bleue

ROMANCE

www.soromance.com

I
Où tout se précise...

Prologue

Il y a six mois, Myrtille et Austin se sont rencontrés. C'était lors de leurs vacances en Ardèche. Les grands-parents de Myrtille avaient invité la famille Bertin dans la « grande maison » et tous ces gens avaient fait connaissance.

En fin de séjour, Myrtille et Austin ont proposé un concert piano-voix. C'est devenu, d'ailleurs, une tradition. Le jeune homme, à présent étudiant au Junior College of Music, célèbre école londonienne, profite du concert de Noël pour présenter quelques morceaux de piano avec Mamou, passionnée de cet instrument dont elle était professeure de nombreuses années auparavant.

Depuis juillet, Myrtille et Austin filent le parfait amour sous l'œil attendri de cette grand-mère et d'Adam, le papa du garçon, sur lesquels plane un secret depuis de nombreuses années.

1. Coaching vocal

C'était déjà le lendemain qu'avait lieu le premier coaching vocal de Myrtille. *Apporte les paroles et les mp3 des chansons que tu voudrais bosser,* avait dit Nicolas. Il avait l'habitude de ces petites jeunettes qui débarquaient, sortant on ne sait d'où, s'imaginant être des graines de star alors que non, elles avaient juste, pour la plupart, un joli brin de voix, mais rien d'exceptionnel.

Celle-ci, avait-il pensé quand sa mère avec pris contact avec lui, devrait être réaliste concernant ses aptitudes et talents. Sa maman avait fait partie d'un chœur semi-pro dont Nicolas connaissait très bien le chef. Elisabeth, l'ancienne choriste, était sans doute consciente des possibilités et des lacunes de sa fille. Elle lui avait expliqué au téléphone que Myrtille allait enregistrer un titre en français dans un studio pro londonien. Cela avait paru étrange au coach. Comment une demoiselle de seize ans avait-elle la possibilité d'enregistrer là-bas ? Soit elle était vraiment excellente, soit elle avait un piston gros comme le bras…

C'est donc un peu méfiant qu'il ouvrit la porte à une demoiselle et sa maman, qu'il reconnut directement. C'était une amie de quelqu'un avec qui il avait bossé : Flo ! Comme cela faisait longtemps. Flo et Elisabeth étaient devenues copines par la force des choses. Exubérantes toutes les deux, de jolies voix, un moral à toute épreuve. Bref, elles étaient faites pour s'entendre. Elisabeth avait assisté à plusieurs concerts proposés par l'ensemble vocal dont Nicolas et Flo faisaient partie et c'est comme cela que… Flo avait même chanté au mariage d'Elisabeth !

— Entrez, je vous prie. Tu restes, Elisabeth ?

Myrtille se tourna vers sa maman. Ainsi, ils se connaissaient ! Elisabeth n'avait donc pas menti quand elle avait raconté les prémices de la petite formation vocale dont Nicolas faisait partie il y avait un paquet d'années.

— Non, répondit Elisabeth. Myrtille est assez grande pour expliquer ce dont il retourne et ce qu'elle attend de son cours. N'est-ce pas, Myrtille ? dit-elle, en se tournant vers sa fille. D'ailleurs, je vous laisse travailler.

Nicolas regardait alternativement l'adolescente et sa mère. Elles se ressemblaient un peu : des cheveux de la même couleur, pareil pour les yeux. Par contre, elles n'avaient pas la même corpulence. La jeune fille était fluette. Elle avait une attitude beaucoup moins assurée, aussi.

— On va passer dans la pièce à côté, tu veux ? Elisabeth, tu viens la récupérer d'ici une bonne heure ?

— OK. Amusez-vous bien !

Myrtille la foudroya du regard : ils allaient *tra-vail-ler*, pas s'amuser… En voyant l'air un peu désapprobateur de l'adolescente, Nicolas ne put s'empêcher de sourire. Elle prenait vraiment les choses au sérieux. Tant mieux. *À nous deux, ma p'tite*, pensa Nicolas en s'installant au piano.

— On va commencer par une petite mise en voix, tu veux bien ? Et puis, tu me montreras ce que tu comptes enregistrer à Londres… Tu as la partition ?

— Euh, non, juste les paroles avec les accords et l'audio de la chanson… C'est… grave ?

— On se débrouillera, ne te tracasse pas.

Nicolas plaqua un accord solidement et chanta une petite vocalise d'une vingtaine de notes. Ce n'était pas franchement facile et Myrtille dût s'y reprendre à trois fois pour être capable de l'imiter, mais quand elle eut compris comment « cela fonctionnait », sa voix plus assurée, à présent, s'éleva de manière naturelle et pas engorgée. Très joli, pensa Nicolas.

— Il y a un peu de souffle sur ta voix. Tu le savais ?

— Oui…

Myrtille paraissait désolée.

— Mais cela s'arrange avec facilité, si tu écoutes bien mes conseils. Alors, tu vas faire ceci.

Suivaient une série de consignes très précises sur la manière de respirer et de doser le souffle. Ce que Myrtille se hâta d'appliquer. Elle fit quelques essais de contrôle de sa sangle abdominale. Et puis reprit la vocalise. C'était vrai : ça fonctionnait et ce n'était pas trop difficile. Il fallait y penser, simplement.

— On va essayer autre chose et puis on passe à ta chanson.

La voix de Myrtille s'assouplissait. Les notes de passage d'un registre à l'autre étaient moins difficiles. Elle fit un troisième exercice. Nicolas était satisfait. Oui, elle chantait bien, juste. Mais pour le moment, il s'agissait simplement de vocalises. La suite serait certainement plus ardue. Il avait rapidement jeté un coup d'œil à la feuille que la jeune fille lui présentait puis la lui avait rendue. Il ne connaissait pas le titre en question.

« Comme si »… ça parlait visiblement d'amitié, une jolie amitié. Cela aurait pu passer pour une chanson d'amour un peu guimauve mais en y réfléchissant, non. Quelqu'un qui est consolé, encouragé. C'était un joli texte, sincère, adapté à cette voix juvénile.

— Tu me fais écouter l'audio ?

Myrtille prit une petite bourse corail dans sa poche. Elle en extirpa une clé USB.

— C'est le premier MP3, se contenta-t-elle de dire.

Une intro au piano et puis la voix de sa grand-mère, dans le grave. Quel joli timbre, pensa Nicolas. Une voix de poitrine, oui, mais sensible, pas poussée.

— Tu vas chanter dans ce ton-là ?

La jeune fille ne comprenait pas vraiment où le coach voulait en venir.

— Cette version est bien trop grave pour toi... Tu t'es entraînée à chanter ça comme ça ?

— Euh... oui.

— Cela ne devait pas être très confortable.

Non, en effet, c'était assez difficile. Elle n'avait pas assez de souffle pour terminer certaines phrases et... sa grand-mère et elle n'avaient pas la même tessiture, c'était clair, mais comme la version de référence que Myrtille possédait, c'était ça...

— Je te propose quelque chose, tu veux ?

Oh oui qu'elle voulait. Il fallait que l'enregistrement avec Austin soit parfait. Il fallait que sa voix soit au top. Il fallait... Et puis, ce coach, il donnait vraiment l'impression de s'y connaître. Alors, elle hocha la tête lentement.

— D'abord, je vérifie le ton d'origine. Tu as la grille d'accords ?

Myrtille s'empressa de lui tendre la feuille pliée en quatre que Nicolas avait consultée un peu avant avec paroles et accords.

— Hmmm, sol mineur. En t'ayant entendue dans les vocalises, il faudrait sans doute qu'on remonte ça une tierce ou une quarte plus haut… On va essayer en do mineur et si c'est trop aigu, on descendra d'un demi-ton.

Myrtille ne comprenait pas vraiment. Elle se disait que si Austin était là, lui, il saurait. Elle écouta la petite intro de Nicolas au piano et puis elle se lança.

Comme si tu me berçais tendrement en me prenant dans tes bras et en passant les doigts sur mes joues trempées de larmes...

Waouh, elle était parvenue à faire cela sans manquer de souffle. Juste deux petites respirations comme les prenaient Mamou, l'une après « comme si » et l'autre avant « trempées de larmes ». C'était formidable.

— Ça a l'air d'aller, non ? On continue…

La troisième phrase était plus dans l'aigu. La voix de Myrtille, tout à coup, devint moins sûre.

— Attends, on va recommencer en si mineur. Là, je suis certain que ça ira et que tu pourras vraiment te laisser aller. Allez, ne sois pas découragée, on avance bien.

L'adolescente reprit. Il n'y eut plus de soucis : sa voix plus claire que celle de sa grand-mère était à présent mieux assise. Elle se sentait à l'aise. Ce qu'elle aurait vraiment aimé, c'était de pouvoir reproduire les petites inflexions de Mamou, certains petits « défauts » qui faisaient tout le charme de l'interprétation originale.

— Hela, jeune fille, qu'est-ce que tu me fiches, là ?

Myrtille s'arrêta d'un coup. Elle aimait la manière dont sa grand-mère prononçait ce « ch » de « chaleur ». Cela donnait une certaine tendresse à la phrase qui parlait d'être entourée par celle-ci, contre le corps de cet ami.

— C'est un effet, c'est ça ? Tu veux reproduire ce qui est dans l'audio ?

C'était exactement ça…

— C'est… inapproprié ?

Nicolas la regarda en souriant.

— Pas vraiment, non, aucun souci pour moi. Je pense que la personne, qui a enregistré la version que tu as beaucoup écoutée, a mis beaucoup de poids sur certains mots parce qu'ils signifiaient quelque chose de précis pour elle. Et toi ? Tu ressens ce qu'elle raconte ?

— Le moindre mot, je crois…

— Tu t'identifies à elle ?

Myrtille n'avait jamais pensé aux choses de cette manière. Oui, elle adorait Mamou, elle l'admirait aussi, énormément. Quant à savoir si elle s'identifiait à elle, c'était différent. Mais oui, en y songeant, celui dont elle était amoureuse était le fils de « la grande passion » de sa grand-mère. Ça lie, ça, tout de même, non ? Et surtout, ça rapproche, deux cœurs qui battent au même rythme…

— J'aimerais lui ressembler, oui.

— Je comprends. Mais, dis-moi, ce n'est pas ta maman qu'on entend dans l'audio. Je me trompe ?

— Non, c'est ma grand-mère…

— Vous vous entendez bien, je suppose ? continua Nicolas en souriant.

Elle n'eut pas besoin de répondre : son petit visage était lumineux et ses yeux brillants. Et c'était si manifeste que Nicolas sut qu'il avait tapé juste. Ah, ces amitiés féminines…

— Bon, on va reprendre tout ça, et sans s'arrêter, cette fois.

Ils se remirent au travail. Une fois, une autre fois et puis Nicolas se retourna pour faire face à Myrtille.

— On touche au but. C'est vraiment pas mal, tu sais.

— Oui ?

— Sinon, je ne te le dirais pas. Je suis assez avare en compliments, en fait…

Tiens, cela disait quelque chose à Myrtille, ça. Elle se souvenait des commentaires qu'Austin faisait au sujet de son prof de piano à Londres. Des encouragements, oui, mais rarement des félicitations… Comme si cela lui écorchait la bouche. Heureusement, Nicolas, même s'il se disait pareil, il soulignait ses mérites. Comme elle avait hâte de raconter tout cela à son amoureux ! Une petite brume passa devant ses yeux : il lui manquait, mais il était hors de question qu'elle se laisse aller à verser une petite larme…

— On reprend une dernière fois ? Histoire que tout soit bien fixé dans ta tête ?

Ce fut à ce moment-là que la sonnette à la porte d'entrée retentit.

— Voilà ta maman, je suppose. On lui fait écouter ? demanda Nicolas en se dirigeant vers l'entrée pour lui ouvrir.

Pas une, mais deux femmes. La plus âgée devait être la mère de l'autre… Serait-ce possible qu'il soit en face de la chanteuse qui avait enregistré « Comme si » ? Le visage de Myrtille s'éclaira. Mamou… Ce serait différent, si c'était la compositrice qui l'écouterait. Après tout, c'était *sa* chanson.

— On va vous montrer le résultat de notre travail, si vous le souhaitez, mesdames, dit Nicolas. Prenez donc un siège.

Bien sûr qu'elles étaient d'accord. Mamou choisit un petit fauteuil. Elisabeth, quant à elle, s'assit sur une chaise. Elles étaient toutes deux très droites et très attentives.

Nicolas joua donc l'intro en si mineur. *Tiens*, eut l'air de se dire *Mamou, c'est plus aigu que ce que je chantais...* La voix claire et plus légère de Myrtille enchaîna jusqu'au bout. Elle avait repris les petites inflexions de la version originale, les syllabes un peu allongées, le poids sur certains mots.

Mamou la regardait, émerveillée. Non, cette chanson n'avait pas été composée pour Adam, c'était clair. Mais ce que Myrtille et Austin allaient enregistrer, ce serait superbe, c'était certain. La voix de sa petite-fille avait quelque chose d'aérien et de profond en même temps. Ou plutôt, c'était cette interprétation qui l'était, profonde. Les sentiments de Mamou pour cet autre homme, cet ami, c'était à coup sûr une grande amitié, de la confiance et de l'admiration mêlées. La vie de sa grand-mère était vraiment surprenante. Cela faisait un mystère de plus à élucider...

— Qu'en pensez-vous ? demanda Nicolas en se tournant vers la maman et la grand-mère de Myrtille.

Visiblement, c'était du positif. Ce fut Elisabeth qui répondit.

— C'est épatant, vraiment bluffant. Ça ressemble à ce que maman avait enregistré mais c'est... comment dire... plus angélique...

Ah non, pensèrent en même temps Myrtille et Mamou, *toujours ses histoires de messe...* Elles eurent un regard de connivence l'une envers l'autre. Elles levèrent les yeux au ciel de concert également...

— Certes, plus angélique, reprit Nicolas en fronçant les sourcils. Vous aimez ?

— Oh oui ! s'exclamèrent mère et fille.

Ce à quoi Mamou pensait, c'était comment Adam allait mixer piano et voix à Londres, d'ici quelques semaines. Elle fut interrompue par le coach.

— Je peux me permettre une petite question ?

— Bien sûr !

— Comment un studio d'enregistrement londonien connait-il Myrtille ?

Mamou, Elisabeth et Myrtille se regardèrent souriantes.

— C'est un ingé-son qui connait Myrtille. C'est un ami de la famille, et Austin, son fils, est pianiste. Il étudie au Junior College Music, vous voyez ?

Mais oui, bien sûr qu'il voyait : c'était l'école qui préparait à celle où Nicolas était parti se perfectionner après ses études classiques à Namur. Le monde était décidément bien petit…

2. Skype, mon joli Skype...

Le GSM d'Austin vibra.

On se parle sur Skype ce soir ? Des trucs à te raconter...

Son visage s'éclaira.

— Dis, P'pa, je vais zapper le dessert. Ça dérange ?

— Tu as des nouvelles de Myrtille ?

— Oui, voilà.

— Vas-y, oui. Tu as notre bénédiction, dit Mary.

Les parents de l'ado aimaient le bien que Myrtille faisait à leur fils. Le fait qu'il soit plus loquace, qu'il se passionne pour quelque chose, qu'il fasse des efforts pour mener des projets à terme. Cela lui avait donné une certaine maturité. Avant, il était plus rêveur et moins ancré dans la réalité.

Austin avait en majorité hérité de son père. Celui-ci, excellent musicien, s'était dirigé vers le traitement du son. Il en avait fait son métier, d'ailleurs. Il était souvent dans les nuages, comme lui. Il préférait dire « dans ses imaginations ». Physiquement, il ressemblait à Adam : la forme du visage, la couleur des yeux, les longs cils, la carrure et l'allure de chat effarouché. Ce qui différait, c'était leurs cheveux. Le jeune homme les avait plus foncés. Il avait un nez en trompette aussi… Alors que ni Mary ni Adam n'avaient un nez de cette forme-là… Duncan, le frère cadet d'Austin, était le portrait craché de sa maman : plus terre-à-terre, plus petit aussi que son aîné au même âge. Il avait les cheveux et les prunelles foncés. Personne n'aurait pu dire, en les regardant, qu'ils étaient frères. Quand on les voyait en compagnie de leurs parents, oui, évidemment, mais comme ils devenaient grands, ils n'étaient plus vraiment surveillés par ceux-ci. Ils jouissaient d'une certaine liberté et n'en abusaient pas. Duncan et Austin étaient simplement des jeunes gens bien dans leur peau, responsables et indépendants, pour le plus grand plaisir de leurs parents.

Sitôt le souper avalé, Austin quitta la table et gravit les escaliers quatre à quatre pour rejoindre son amie sur Skype.

— T'es pas loin ? écrivit-il.

Le signal de « quelqu'un veut vous parler » se fit entendre. Austin accepta l'appel et brancha sa webcam.

— Alors, quelles sont les nouvelles ?

— En termes de nouvelles, c'est du travail supplémentaire…

— Ah ? Explique… Mais d'abord, comment tu vas ?

— Bien. Je suis super emballée. J'ai rencontré un coach vocal épatant : quelqu'un que maman connait. Et on a bien bossé. Et toi, tu vas bien aussi ?

Il avait envie de lui répondre que quand ils se parlaient, il allait toujours bien. D'ailleurs, il savait qu'il en était de même pour Myrtille.

— Beaucoup de boulot pour mes cours de piano. Comme on arrive au deuxième quadri, je vais devoir mettre les bouchées doubles question répertoire.

— Genre ? demanda timidement la jeune fille.

Elle venait de se souvenir qu'Austin avait une audition préparatoire à son test de fin d'année bientôt. Oui, elle avait été invitée et elle serait là, bien sûr. Mais pour qu'il soit prêt, il devrait travailler pas mal et… aurait-il le temps de bosser un peu à l'accompagnement de *Comme si* ?

— Je dois présenter le *Menuet* de Debussy avec ma prof et aussi le prélude et fugue de Bach. Et puis, j'ai une pièce de Brahms à jouer. Et de ça, j'en suis juste au déchiffrage… Ce n'est pas facile. Ça me demande du temps. Et quand ce sera déchiffré et bien en place rythmiquement, il y aura encore l'interprétation… Je ne suis pas au bout de mes peines…

— Mais tu y arriveras, non ?

Myrtille était inquiète, tout à coup. Elle se rendait compte qu'Austin se sentait un peu dépassé par les événements. Elle continua :

— Je pourrais faire quelque chose pour t'aider ?

— Je ne pense pas, non. Tu sais, ça prend du temps, tout ça. De l'énergie, j'en ai. Mais du temps, c'est autre chose…

Ce fut au tour d'Austin de se mordre les lèvres. Sa Myrtille allait peut-être s'imaginer qu'ils devraient un peu ralentir leurs conversations par Skype…

— Tu aurais le temps de travailler un tout petit peu pour l'enregistrement ? demanda la jeune fille timidement.

— Dis-moi de quoi il s'agit, tu veux ?

Il s'en voulait. Elle semblait si découragée, tout à coup. Son enthousiasme s'était transformé en angoisses.

— En bossant avec le coach, on s'est rendu compte que la chanson, elle n'était pas à la bonne hauteur et que ma voix serait plus jolie si je pouvais chanter dans un autre ton. C'est comme ça qu'on dit ?

— Oui, c'est comme ça qu'on dit. Ce serait dans quel ton, alors ?

— Je ne sais pas mais Mamou a réécrit la grille d'accords. Je te l'envoie ?

— OK.

Quelques instants plus tard, il avait les yeux posés sur la photo de la grille d'accords que Myrtille lui avait envoyée. C'était du si mineur à la place de sol mineur. Limite, il préférait le nouveau ton.

— Ça roule ! C'est même plus simple pour moi, je pense.

Ouf, se dit Myrtille.

— Tu as déjà écouté l'audio ?

— Évidemment. Au niveau de l'accompagnement, c'est vraiment simple. Fais-moi confiance. Je vais t'emballer ça en dix minutes grand max. Si tu peux m'attendre, j'y bosse un peu et puis je te fais entendre.

Aucun des deux ne coupa sa webcam. Myrtille entendit les essais de plus en plus convaincants d'Austin et c'était vrai : moins de dix minutes plus tard, il lui dit qu'il allait lui envoyer la nouvelle version de l'accompagnement et que, de cette manière, elle pourrait travailler son chant dans le bon ton.

— On adaptera pour les intentions musicales et les nuances, ajouta-t-il. De toute manière, c'est juste pour que tu te familiarises avec le ton idéal pour toi. Si ce n'est pas tout à fait la version de Mamou transposée, ce n'est pas grave. Et puis, c'est seulement pour avril, non ? Il reste encore un peu plus de deux mois...

Il avait l'air sûr de lui. Myrtille était certaine qu'il songeait avant tout à cette pièce de Brahms, mais ce n'était pas si grave, au final. Elle allait se montrer sage, patiente. C'est ce qu'elle expliqua à Austin qui lui en fut très reconnaissant.

— On se reparle bientôt ? demanda timidement la jeune fille.

— Tu sais ce que je vais faire ? répliqua son amoureux. Je te promets une surprise dans ta boîte mail... Ça te plairait ?

— De quel genre ?

— Pour tes oreilles…

Myrtille était heureuse, souriante et rouge, aussi, très rouge. Elle n'avait pas vraiment d'idée de ce dont il s'agirait, mais si cela venait d'Austin, ce serait un cadeau inestimable, elle en était certaine. Alors… une chanson-dédicace, une compo au piano… peu importait.

— Oh oui, avec plaisir ! J'attendrai avec impatience, mais surtout, prends ton temps. Ne bâcle pas l'histoire sous prétexte que je serais pressée de découvrir. OK ?

— Tu me connais, non ? répondit Austin en lui faisant un clin d'œil. Je vais te laisser, maintenant.

— D'accord.

— Et merci pour tes nouvelles. Entraîne-toi bien, hein : il faut qu'on soit au top pour avril.

— Bien sûr ! Avec tes doigts, ce sera plus facile que jusqu'à présent, sur l'audio de Mamou.

— Mes doigts magiques, c'est ça ? dit-il, taquin.

— Exactement, tes doigts magiques…

Myrtille ferma les yeux. Elle se souvenait de la douceur des mains d'Austin, la manière dont il l'avait caressée très délicatement, provoquant des frissons qui l'avaient parcourue des pieds à la tête. Vraiment, il savait y faire. Et puis, la façon dont il s'était répandu sur son ventre à lui après s'être masturbé. La prochaine fois qu'ils en seraient là, il faudrait qu'il éjacule sur son ventre à elle. Elle se demandait si c'était chaud ou pas, liquide, collant… Elle n'avait pas osé faire de recherches sur le net. Elle aurait eu trop peur que sa maman tombe sur les pages consultées dans l'historique et qu'elle soit choquée… Elle avait une idée, mais il faudrait pour cela mettre Mamou dans la confidence et tout d'abord, récupérer les *Frissons nocturnes* dont sa grand-mère était l'auteure…

3. Un nouveau cours de piano

On arrivait fin février. Enfin, Austin avait terminé le déchiffrage et la mise en place rythmique de ce fameux intermezzo de Brahms. C'était une pièce d'une véritable envergure. Elle exigeait une certaine technique mais aussi de la musicalité. Ce dernier point ne tracassait pas le jeune homme outre mesure. Il se savait capable de s'imprégner de l'âme romantique du compositeur. Il aimait cela, se fondre dans l'esprit et le cœur des morceaux qu'il travaillait. Certes, c'était difficile techniquement, mais ce qu'il pourrait y mettre, ce serait formidable…

Il pensait à Myrtille, à la passion qui les avait entraînés l'un vers l'autre. Il se sentait capable de venir à bout de cette œuvre et quelle satisfaction ce serait pour lui de pouvoir présenter cette pièce à l'audition préparatoire à son test final…

— Alors, cet intermezzo ? On peut commencer par cela ?

Austin s'installa au piano. Les choses sérieuses allaient démarrer. Son professeur avait saisi la partition que le jeune homme avait posée sur le pupitre de l'instrument. Arf, c'était vrai, il fallait qu'il joue de mémoire.

— Vous connaissez la première page de tête, j'espère ?

Il hocha la tête de manière affirmative. Oui, bien, sûr. Il s'était laissé surprendre lors de son premier cours, mais cette fois, c'était différent. Et de fait, il maîtrisait la première page et trois lignes de plus. Avec ce bourreau du travail, c'était préférable de prendre toutes les précautions d'usage.

Il prit une grande inspiration et se lança. Le morceau commençait lentement, en douceur. La deuxième partie était volubile : des arpèges et des notes à n'en plus finir. Ensuite, le retour au calme avec une reprise de la première partie. Une forme ABA, tout ce qu'il y a de plus convenu.

Il mit son tempérament rêveur au service de la musique. Il était sûr de lui : de longues tenues alors que d'autres notes s'égrenaient constituant des jolis motifs. On sentait comme une tension dans cette partie. Ce calme, il fallait qu'il explose. Tout le travail se trouvait dans cette impression de langueur, de contrôle, qui, à un moment, est obligée de se lâcher.

Il était attentif à doser les blanches tenues et les croches qui couraient. Les premières étaient plus sonores mais laissaient la place aux autres notes. Il fallait qu'il se concentre sur chaque intention, mais il semblait pouvoir y arriver.

Il laissa la dernière note de la phrase qui concluait la première partie sonner jusqu'au bout et releva les mains du clavier avec un geste souple. Il n'osait pas regarder sa professeure.

— Vous avez fait du bon travail… Quelle interprétation avez-vous écoutée ?

— Celle de Julius Katchen…

— C'est vieillot, ça date du siècle dernier.

— J'en ai écouté d'autres, mais c'est celle que je préférais.

— Vous n'avez pas prêté l'oreille à ce bon vieux Glenn ? dit-elle en souriant sans le regarder.

— Non… j'aurais dû ? Austin se mordit les lèvres.

— Le passage plus fougueux, il l'interprète assez justement, je trouve. Ça bouge de manière intelligente au niveau de la dynamique.

— J'irai écouter.

— Mais j'y compte bien !

— Avez-vous déjà déchiffré la partie centrale de l'œuvre, celle qui est plus lyrique ?

— Oui, mais je ne l'ai pas encore en tête. Il y a beaucoup plus de notes.

— C'est vrai, elle est plus technique que celle-ci. Mais je vous fais confiance. Si vous le souhaitez, nous pouvons la travailler ensemble la semaine prochaine, avec la partition. Tâchez d'y mettre le phrasé demandé. Et puis, en écoutant Glenn Gould, certaines choses vous paraîtront plus lumineuses au niveau de la compréhension, du moins, je l'espère !

Austin était un peu décontenancé. Il n'était pas habituel que sa professeure lui fasse confiance de cette manière. Il y songeait quand celle-ci reprit :

— Dans ce que vous m'avez présenté, il y a cependant l'un ou l'autre endroit où c'est un peu déséquilibré au niveau des plans sonores.

Évidemment, se dit le jeune homme, *c'était trop beau pour être vrai...* Il était un peu déçu mais n'en laissa rien paraître.

— Montrez-moi quels doigtés vous employez pour ce passage.

La professeure avait replacé la partition sur le pupitre du piano et désignait une double-portée vers le milieu de la page.

Austin s'exécuta.

— Je m'en doutais, fit la pianiste. C'est classique. Avec ce doigté, impossible de respecter le phrasé lié, vous voyez ? Poussez-vous donc, que je vous montre.

L'ado se leva pour laisser la place à sa professeure. Celle-ci s'assit, très droite.

— Je reprends là, dit-elle en montrant à Austin un endroit deux mesures en deçà de celui où il y avait le souci.

Elle souleva les mains avec grâce, les déposa comme des plumes sur le clavier et la musique prit vie. Il y avait de la consistance dans son jeu mais aucune lourdeur. Elle donnait du poids à certaines notes, attentive aux nombreuses intentions indiquées sur la partition.

— Vous entendez, Austin, la rondeur de la phrase ? Vous devez inviter vos auditeurs à y pénétrer. Certes, vous jouez bien, je le reconnais. C'est puissant, éloquent, souvent. Mais pour jouer Brahms, outre la technique dont il faut faire preuve, il faut amener ceux qui vous écoutent à entrer dans une espèce de douce intimité, une chaleur. On pense souvent que ce compositeur, c'est beaucoup de virtuosité. Mais les interprétations les plus sensibles, comme celle de Katchen que vous avez écoutée, ce sont celles qui, dépassant la technique pure, mettent cette dernière au service de la musique, de l'âme et de la pensée musicale… Souvenez-vous en quand vous jouerez cette première partie. Vous aurez l'occasion de briller de vélocité dans la deuxième partie.

Austin regardait la pianiste avec plaisir. Il retrouvait la passion de la grand-mère de Myrtille dans ses mots et dans ses yeux. Oui, le chemin était long pour y arriver, mais ces deux femmes avaient un langage qui venait du cœur et c'était cela qui faisait d'elles de bonnes pédagogues. Il était plongé dans ses pensées quand…

— Voyons donc le *Menuet*… Où est votre partition ?

Le jeune homme qui était toujours debout alla chercher un deuxième siège qu'il mit à côté de l'autre, devant le piano. Son professeur changea de tabouret et Austin s'assit à sa droite. *La Petite Suite* était sur le pupitre de l'instrument. Ils étaient prêts à attaquer le 4 mains.

Austin se sentait plus à l'aise que dans le Brahms. Cette pièce, ce fameux *Menuet*, il l'avait déjà pas mal travaillée durant les vacances de Noël d'il y a deux mois. C'était à nouveau Mamou qui lui avait servi de répétitrice et de secondo. Elle lui avait montré comment s'y prendre : des questions de nuances, de phrasés, de notes bien dosées, de passages où on peut se laisser aller tellement ils vous portent. Et d'autres qui s'élancent légèrement, si légèrement. Et puis, le thème initial qui est repris d'une manière plus installée alors que la partie d'accompagnement est plus riche. C'était une belle œuvre. Et pouvoir jouer en duo ravissait le jeune homme… Il aimait la musique de chambre, le jeu à plusieurs. Avec la grand-mère et la petite-fille, il était comblé : entre une pianiste pédagogue et une chanteuse qu'il aimait comme un fou, il était servi. Et bientôt, il allait retrouver Myrtille et bosser cette chanson qui parlait d'amitié.

— Euh, allo ? Ici la terre…

Austin balaya ses idées d'un geste de la main. Sa professeure le rappelait à l'ordre… C'était normal, après tout : il était temps de se remettre au travail.

— Je suis prêt.

Il souleva les mains au-dessus du clavier : des doigts solides mais légers à la fois pour ces petites appogiatures et ensuite ces ribambelles de doubles-croches. Son professeur intervenait juste après les premières notes de l'élève. Une intro de huit mesures, c'était convenu. Et ensuite, le thème principal à la main droite alors que la gauche s'égrène ou est plus présente. La pianiste le suivait. Puis, c'était elle qui avait le thème. La deuxième partie était différente : deux caractères différents pour celle-ci. L'un mélodique qui est entonné par le second, l'autre plus rythmé, au primo. La troisième partie, c'était la reprise du premier thème.

Voilà : c'était déjà terminé. Ce n'était pas long. Austin avait les joues un peu rouges. Sa respiration s'était accélérée. Heureusement, ses mains n'avaient pas été fébriles. Ses attaques étaient remarquables de précision, mais le caractère un peu éthéré de son interprétation brillait de respect pour la partition. Il regardait ses mains posées à présent sur ses cuisses et n'osait pas lever les yeux.

— Bravo, Austin. Votre exécution était bluffante. Vous avez travaillé cela avec quelqu'un, je me trompe ?

Que répondre ? Son professeur n'aimerait-elle pas le fait que… Il se souvenait de ce que Mamou lui avait dit : certains profs ne voient pas d'un bon œil que leurs élèves aillent chercher des conseils ailleurs…

— Ne soyez pas gêné : cette personne vous a bien fait progresser. Il y avait beaucoup de subtilité dans votre interprétation. D'ailleurs, je dois dire qu'il ne reste pas grand-chose à travailler : juste du peaufinage. Ou plutôt, que nous devons nous habituer l'un à l'autre… Le travail de fond est là. C'est le principal. Il nous faut encore beaucoup jouer ensemble : c'est le secret des quatre-mains réussis.

Quand Austin quitta la salle de répétitions, il s'empressa d'envoyer un SMS à Myrtille :

Ce soir sur Skype… Trop hâte de te raconter. Baisers.

4. Comme une brise
un peu chaude...

— Dis vite : ça a l'air d'être top !

Austin et Myrtille étaient face à leur ordi.

— Eh bien, j'avais cours aujourd'hui, cours de piano, je veux dire. Et…

Il laissait son amie entrer dans son enthousiasme.

— Et ? continua Myrtille, en relevant les sourcils.

— Et… ma prof s'est rendu compte que… j'avais bossé le *Menuet*, mais que…

— Allez, arrête de me faire poireauter. C'était du positif ou elle n'était pas contente ?

— Plutôt du positif… Il n'y a plus que les intentions à bosser. Mais c'est simplement une question de complicité, tu sais, d'avoir l'habitude de jouer avec son partenaire. Avec Mamou, on avait bien trouvé ça, la complicité. Il va falloir refaire le travail, mais pour le reste, c'est…

— Parfait ? Elle t'a dit que c'était « parfait » ?

— Ah non, ça, même si elle le pense, elle ne le dira jamais. Mais j'ai senti qu'elle était étonnée de la manière dont je m'en tirais. Ça, ça n'arrive vraiment pas souvent. Déjà, pour le Brahms, elle m'a fait des compliments : je n'en revenais pas. Et ça a continué pour Debussy. Rhooo, je suis trop heureux…

C'était vrai : il rayonnait. Il reprit.

— Alors, je voudrais que tu remercies Mamou pour son aide. Si elle n'avait pas été là, je pense que je n'aurais pas

pu être aussi bon tout à l'heure…Je peux compter sur toi ?
Tu feras ça ?

— Mais bien sûr ! On ne se voit pas tout de suite mais…
Tu sais ce que tu pourrais faire ?

— Dis-moi.

— Tu lui envoies un mail, toi. Je suis certaine que ça
lui ferait plaisir d'avoir d'aussi bonnes nouvelles. Tu as
toujours son adresse ? Sinon, tu la demandes à ton père.

— Bonne idée.

— Et je suppose qu'elle m'en parlera !

Myrtille avait toujours des idées pas possibles ! C'est
ce qu'Austin pensait. Elle avait de l'imagination, c'était
certain. Il se souvenait de leur enquête dans la « grande
maison » l'été précédent. L'ingéniosité de son amie,
ses suppositions qui s'étaient transformées en presque
certitudes. Ils n'avaient pas découvert le pot aux roses,
mais à chaque séjour en Ardèche, il avait le sentiment qu'ils
se rapprochaient davantage du but. Peut-être y aurait-il
un jour où… Mais était-ce si important, dans le fond ? Il
avait fait la connaissance de Myrtille et de sa famille. Il
avait fait des progrès monstrueux au niveau de la musique.
Oui, il devait avoir cela dans le sang ou dans les gènes,
c'était certain. N'empêche que s'il n'y avait pas eu leur
séjour là-bas en juillet, son amitié pour Myrtille qui s'était
transformée en amour, les encouragements de son père,
la collaboration et les pseudo-cours avec l'aïeule… Cela
avait fait boule de neige et à présent, il se sentait davantage
à sa place. Sa vie n'était pas facile tous les jours, il était
souvent pressé par le temps, mais se sentir s'épanouir,
c'était… euphorisant… Et c'était ce qui se passait depuis
les grandes vacances passées et surtout depuis décembre.

— Tu es… silencieux… Tout va bien ?

— Oui oui, répondit Austin, en retouchant terre. Je pensais simplement à tout ce que la vie m'avait réservé depuis qu'on s'est rencontrés…

— C'est du positif, j'espère ?

— Oui… vraiment oui. Je me sens dans un espèce de tourbillon. C'est fatigant parfois, mais c'est gai.

— Et puis, toi et moi…

— Surtout, toi et moi…

Myrtille était heureuse de constater qu'Austin et elle étaient sur la même longueur d'onde. Ne perdant pas le nord, elle reprit :

— On pourrait un peu parler de mon petit séjour à Londres. Mis à part ton audition, le concert de cette pianiste et l'enregistrement, on ferait quoi ?

— C'est déjà pas mal, ça, non ?

— On irait se promener ? Histoire que tu me montres des coins sympas…

— Ce n'est pas comme en Ardèche, tu sais, c'est plus gris et l'air y est moins pur…

— Et le shopping, t'en fais quoi ? Maman m'a parlé d'un magasin de jouets…

— On a peut-être passé l'âge, tu ne penses pas ?

— Ce n'est pas pour acheter, c'est juste pour regarder…

Elle était marrante. Oui, il voyait de quoi il s'agissait : un magasin sur trois ou quatre étages, juste avec des jouets. Un étage pour les filles, un pour les garçons, oui, c'était toujours aussi genré en Grande-Bretagne, un autre pour les peluches et les gadgets. Il faudrait qu'il y songe. Il faudrait aussi qu'il voie s'ils auraient le temps en avril. Le planning était assez chargé et…

— Mais parlons d'autre chose… Tu as pensé à ce cadeau que tu m'avais promis ?

— …

— Dans ma boîte mail…

Austin se mordit les lèvres. Oui, il lui avait promis quelque chose. Le truc, c'est qu'il n'avait pas encore eu le temps d'y penser réellement.

— Plutôt que de t'empêtrer dans des explications foireuses, avoue que…

— Si, j'y songe, mais pour le moment, je te promets que je suis submergé de boulot…

— Oui, je le sais. Tracasse… On a le temps.

Ouf, pensa le jeune homme. Il aimait respecter ses promesses. Et quand il s'agissait de Myrtille…

— T'as bossé avec l'audio que je t'avais envoyé ?

— Bien sûr ! J'ai même eu l'occasion de revoir Nicolas, tu sais, le coach vocal que maman connait et il m'a proposé de venir avec autre chose la prochaine fois…

— Parce que… tu vas continuer de travailler avec lui ?

— Ça me plairait assez, oui…

— Tu te verrais chanter quoi, par exemple ?

— Des trucs en anglais. Histoire de m'améliorer, tu vois ?

Le jeune homme sourit. Oh oui, qu'il voyait. Il se souvenait des rouspétances de Myrtille quand elle tentait de trouver la prononciation parfaite des textes des chansons qu'ils avaient proposées pour le concert de Noël… C'était plutôt épique, en effet.

— C'est une excellente idée, je trouve !!!

— Je t'ai dit que mon coach, il avait été à la même école que toi ?

— Ah oui ? Au junior college ?

— Au Royal College, plutôt !

— Alors, il doit être bon, parce que les gens qui sortent de là, ce sont vraiment des pointures.

— En tous cas, on bosse bien ensemble. Il me donne des trucs pour me faire avancer et surtout… il me motive !

Myrtille, sa Myrtille… Toujours enthousiaste. Il allait la retrouver dans moins de deux mois… en chair et en os.

— Je vais devoir te laisser. On va souper.

— OK… Tu me donnes vite de tes nouvelles ?

— Tu me manques… Ta peau me manque, ce que tu sens. J'ai envie de te toucher. C'est dur d'être loin de toi…

— C'est pareil pour moi… Je voudrais être près de toi, contre toi, et sentir tes doigts magiques sur moi. Me servir des miens, même s'ils sont moins magiques que les tiens. Je voudrais te sentir… en bas, tu vois ce que je veux dire ?

Austin la regardait de tous ses yeux. Ses cils battaient. Son regard écume pétillait. Les ailes de son nez vibraient. Il avait certainement la gorge nouée et la sienne contenait des petits sanglots. Comme c'était éprouvant, tout ça, le fait qu'ils soient à des kilomètres l'un de l'autre, séparés par la Manche. Comme c'était difficile aussi, avec l'emploi du temps du jeune homme. Mais ils s'aimaient, ça, c'était certain.

— On va pas pleurer, hein ?

— Non, dit Myrtille en essuyant une larme au coin de son œil gauche du bout du doigt pour l'empêcher de couler sur sa joue.

Il y avait trop d'émotions entre eux, ce jour-là. Il fallait que ça s'arrête…

— Allez, on va penser à des trucs marrants genre…

— La piscine en Ardèche, et les nuits sous la tente. Tu te souviens de nos lectures à la lueur de la lampe de poche…

— Bien sûr ! D'ailleurs, je vois Mamou le week-end prochain. J'ai prévu de l'interroger…

— Tu vas mettre les pieds dans le plat concernant ses *Frissons nocturnes* ?

— Oui… non…

Myrtille hésitait. Oui, elle allait un peu la cuisiner, c'était vrai, mais…

— Oui ou non ?

— Tu verras : je suis certaine que tu me remercieras, mais je ne peux encore rien te dire pour le moment…

— Ce sera… une surprise ?

— Voilà : ma surprise pour toi. Comme ça, le jour où t'es prêt, on s'échange nos surprises.

Elle avait souvent de bonnes idées, Myrtille. Une bonne dose d'imagination aussi. Elle devait avoir autant hérité de Mamou que lui d'Adam. Ces âmes étaient faites pour s'entendre… L'amour que Mamou avait eu l'air de porter au papa d'Adam allait-il devenir réalité pour sa petite-fille et le fils de son pseudo grand amour ?

Ils se quittèrent après s'être envoyé des baisers. Oui, il y avait eu de l'émotion. Pas de la tristesse, non, mais comme une brise un peu trop chaude qui ne rafraîchissait rien du tout. Qui allumait, plutôt.

5. Des histoires de cuisine

Mamou terminait de lire le petit mail envoyé par Austin. On était un lundi. Elle souriait de la coïncidence : il était un temps où Adam lui avait demandé de ne plus lui écrire que le lundi. Elle se faisait tellement plaisir en lui envoyant tout et rien de manière trop anarchique pour lui qu'au final, elle avait été contrainte à cela par l'homme : ne plus lui envoyer quoi que ce soit un autre jour…

En quelques mots, Austin lui parlait de ses études, des cours de piano, surtout, et la remerciait pour toute l'aide et la confiance qu'elle lui avait apportées.

Elle sourit : un discours sans ronds de jambe, sans ambages. Il allait à l'essentiel, directement. Comme son père. Elle reconnaissait le ton un peu « je ne me la pète pas, elle prendra ça comme elle veut, mais je lui dis les choses platement ». Comme c'était des compliments et des mercis, les mots étaient… gentils !

Elle répondit brièvement à Austin que cela lui avait fait plaisir. D'abord, de pouvoir reprendre sa tâche d'enseignante, qui l'avait tant passionnée durant une bonne partie de sa vie. Ensuite, qu'en souvenir du bon vieux temps, il était tout à fait normal qu'elle lui ait donné des conseils. Elle eut envie d'ajouter que la confiance d'Adam et le fait de le revoir et de pouvoir bosser avec son fils lui faisaient chaud au cœur, qu'elle n'avait jamais osé imaginer une issue pareille à l'amour qu'elle éprouvait toujours pour cet homme. Parce que oui, elle aimait toujours Adam. Cela ne s'arrêterait jamais, elle en était certaine. Mais elle cachait cette passion depuis si longtemps que peu de gens l'ayant connue au moment où elle avait rencontré ce « jeune » homme auraient pu imaginer que son attachement était toujours aussi profond…

Elle avait aussi reçu un petit SMS de Myrtille. « On peut se voir pour une après-midi-dessert ? Bisous. » Ça, c'était étrange… Cuisiner n'était pas dans les habitudes de sa petite-fille. Qu'est-ce que cela cachait ?

Et puis, cerise sur le gâteau, elle avait devant les yeux le mail d'un autre membre de la famille B. : Adam lui avait écrit…

Chère B.,

Je voulais te remercier pour tout. Tu as été et es toujours d'une grande aide pour Austin. Grâce à toi, il a fait des progrès au-delà de ce qui était imaginable.

Je me permets également de te rappeler notre invitation pour ta Myrtille. Veux-tu que je contacte Elisabeth pour les détails pratiques ? Jour et heure d'arrivée, durée du séjour, etc.

Mary se joint à moi. Nous t'embrassons affectueusement.

Adam

C'était toujours touchant, les messages qu'elle recevait d'Adam. Même si au grand jamais il ne lui disait « je t'aime depuis si longtemps ». Il aurait menti, elle le savait très bien. Mais après toutes ces années, à quoi cela aurait-il servi ? Toutefois, ses messages étaient si rares que quand elle en découvrait un dans sa boîte mail, elle était toujours heureuse. Une joie toute rentrée, ne voulant pas réveiller trop ses sentiments enfouis, et un bonheur tellement intense.

Elle avait les larmes aux yeux… Comme la vie était différente depuis cette semaine de juillet dans la « grande maison ». Cela l'avait apaisée de constater que la famille d'Adam et la sienne s'entendaient si bien. Et puis, il y avait eu les moments d'intimité partagés dans la cuisine de la bâtisse, en été et aussi en décembre. Elle savait à présent qu'Adam se rendait compte de l'amour qu'elle n'avait cessé de lui porter depuis tout ce temps. Ce n'était pas pour cela qu'il l'aimait en retour. Mais au moins, en étant conscient de ses sentiments, il n'avait plus été moqueur ou blessant. C'était l'essentiel.

Elle allait prendre contact avec Elisabeth et voir avec elle l'histoire des détails pratiques dont parlait Adam. Quel phénomène, tout de même. Plutôt que de prendre contact directement avec elle, il passait par l'aïeule… Il avait pourtant l'adresse mail d'Alexandre qui aurait transmis le message à son épouse sans poser de questions. Enfin, les méandres tortueux de l'esprit de l'homme…

D'abord, envoyer une réponse à Myrtille pour arranger cette après-midi de desserts ! Elle lui proposa un jour de la semaine suivante, peu importait. C'était le congé de Carnaval. La jeune fille n'était sans doute pas occupée toutes les après-midis. Ce serait facile.

Dis-moi quand ça t'arrange. Je demanderai à Papou de venir te chercher chez tes parents…. Sauf si tu es en ville avec des copines pour du shopping ! ;) Bisous ma Myrtille.

Ensuite, écrire un mail à Elisabeth pour qu'elle prenne contact avec Adam. Elle eut une réponse pratiquement instantanée :

Je fais ça tout de suite. Je te tiens au courant pour la suite ?

Mais non, enfin, tout cela concernait Myrtille et sa famille proche, ces histoires de séjour londonien, pas

Papou et Mamou… Quoi que : en savoir plus lui ferait certainement plaisir.

***

— Bonjour, ma grande ! En forme ?

— Bien sûr, Mamou. Comment tu vas ?

— Aussi bien que se peut ! Alors, tes cours de chant ?

— Ça avance. J'ai demandé à Nicolas si on pouvait travailler des chansons en anglais. Et tu sais, il est allé dans la même école que celle où va Austin !

Myrtille bouillait tant elle était heureuse de pouvoir parler de son cher Austin. Mamou se revoyait tellement en elle. Elle se souvenait d'un de leurs amis communs, Simon, qui n'était au courant de rien de ses sentiments pour Adam. Elle lui demandait de temps en temps des nouvelles de ce dernier mais sans avoir l'air d'y toucher. Jamais elle n'avait su si Simon s'était rendu compte de la réalité des choses. Il lui parlait souvent de cet ingé-son si talentueux, qui comprenait, sans qu'on lui précise les choses, comment il devait traiter tel fichier ou tel autre…

— Bon, trêve de bavardages, tu voulais qu'on prépare quoi, toutes les deux ?

— Alice m'a parlé de biscuits que vous prépariez quand elle était petite. Tu te souviens ?

— Oh, en fait de biscuits, c'était plutôt des palets en chocolat avec des fruits secs…

Mamou regardait sa petite-fille.

— Tu voulais me parler d'autre chose, je me trompe ?

Myrtille baissa la tête d'un air confus.

— Oui… Rhooo, Mamou, impossible de te cacher quoi que ce soit. C'est râlant…

L'aïeule riait.

— Mais c'est parce que… je me reconnais en toi, indéniablement. On est faites du même bois.

— Parce qu'on aime toutes les deux des hommes de la même famille ? osa Myrtille.

Le visage de Mamou s'assombrit.

— Il vaut peut-être mieux qu'on n'aborde pas le sujet ? continua Myrtille.

— C'est vrai que c'est mieux, mais… c'est lourd à porter pour moi, tu sais…

Alors, Myrtille se dit qu'elle ne s'était pas trompée. Mamou avait bien un penchant pour Adam. C'était confirmé, à présent.

— Tu me raconterais ?

— C'est loin, à présent. Et tu sais, même s'il ne se passe rien entre nous, le fait qu'on soit à nouveau plus en contact, c'est déjà très bien.

— Et qu'en plus, ce soit grâce à nous, Austin et moi, je veux dire, ça, c'est top ! Tu ne trouves pas ?

— Oui, ma jolie. C'est top.

— Austin, il ressemble beaucoup à Adam, non ?

— Quand je l'ai revu, en juillet, c'était… pfiou… troublant. Austin, c'est le portrait craché d'Adam quand il avait une vingtaine d'années. Les épaules un peu moins larges, peut-être, mais les yeux, le petit mouvement des cheveux, l'allure…

— Ça t'a fichu un coup, on dirait ?

— Oh oui, ça m'a ramenée plus de vingt-cinq ans en arrière. Tu sais, Adam, je l'ai tellement regardé, admiré, espéré. Je le trouvais si beau…

Les yeux de Mamou brillaient de larmes. Combien elle était émue en évoquant ses souvenirs.

— Bon, on fait quoi ? Il faut tout de même qu'on cuisine un peu, sans quoi, personne ne va comprendre…, lâcha Myrtille.

— Tu as raison.

— On va se choisir une recette facile : on pourra continuer de papoter. Je pensais te… cuisiner…

— Eh bien, on saura tout, mademoiselle. D'habitude, c'est le contraire qui se passe : ce sont les ados qui se font tirer les vers du nez. Alors, dis-moi.

La jeune fille ne savait pas par où prendre les choses. Elle voulait lui parler d'Austin, de ce qui s'était passé dans la chambre d'amis quand ils s'étaient retrouvés en novembre et puis en décembre, dans la « grande maison ».

— Alors, je t'écoute, dit Mamou en la regardant attentivement.

— C'est que…

— Tu voudrais des renseignements sur un sujet précis, mais tu te dis que ta maman s'offusquerait si tu lui posais tes questions ?

— Oui, exactement.

— Parce que… ça concerne Austin…?

— Austin et moi, oui.

— … et le sexe ?

— Voilà…

Mamou souriait à présent, presque franchement. Elle se demandait jusqu'où sa petite-fille et le jeune homme avaient été. Sans doute pas trop loin. Et heureusement. Dans un sens, il valait sans doute mieux que Myrtille s'adresse à elle plutôt que d'aller s'informer sur le net. Avec les sites pornos qui pullulaient et qui ne donnaient en rien une idée exacte de ce que sont le sexe et surtout l'amour, il était plus avisé de prendre ses renseignements auprès de quelqu'un d'expérience avec qui on est à l'aise.

La jeune fille n'avait cependant pas l'air si à l'aise que ça.

— Tu voudrais savoir quoi, au juste ?

— C'est délicat, ça, Mamou. Je ne sais pas vraiment, dans le fond…

— Vous avez été loin ?

— On n'a pas couché, je te le jure.

Myrtille avait mis la main devant sa bouche comme si elle était gênée d'avoir fait cet aveu.

— Tu, vous, êtes un peu jeunes pour ça, non ? Enfin, je trouve. Ce n'est pas une question d'être vieux jeu. Pour ma part, j'étais bien plus âgée. Papou, il devait avoir dix-huit ou dix-neuf ans et ta maman un peu plus, je pense.

— Clem m'a expliqué que si je voulais savoir si Austin était excité, je devais… regarder s'il était dur, là, dit la jeune fille en montrant à Mamou l'endroit qui réagissait… sous le ventre des hommes.

— Elle ne t'a tout de même pas conseillé de lui mettre la main… là ?

— Si, presque.

— Eh bien, cette fille est vraiment plus délurée que ce que je pensais. Tu l'as fait ?

— Mais non, enfin. Je trouve ça un peu irrespectueux.

— Ouf ! Mais, jusqu'où êtes-vous allés, alors ?

— Il m'a caressée un peu, la poitrine et le ventre et puis, il s'est touché jusqu'à ce que…

— Qu'il éjacule sur ton ventre ?

— Sur le sien…

— Eh bien, cela présage des choses douces et troublantes, mais même si tu estimes ça très osé, non, je te rassure. Un homme qui a du désir fait ce genre de choses de manière courante. Il ne t'a rien demandé ? De particulier, je veux dire ? Quelque chose qui t'aurait déplu et dont tu n'es pas fière ?

— Non, non. Par contre, moi, j'aurais voulu que ça aille plus loin !

Ah, pensa Mamou, *c'était donc ça*. Elle reconnaissait à présent tout à fait sa Myrtille. C'était elle qui avait envie de mener les choses ou tout simplement être prête pour « le grand jour », celui où Austin et elle se donneraient l'un à l'autre.

— Tu voudrais savoir quelque chose de précis ?

— Pas vraiment. Juste que tu me... dopes un petit peu.

— Genre ?

— Je ne suis pas sûre de moi. Simplement parce que je n'y connais rien. Toi, c'était comment, ta première fois ?

— C'est assez intime, ça. Et pas nécessairement un souvenir... mémorable.

— Tu préfères ne pas m'en parler ?

— Voilà. Par contre, je peux te raconter les fois où j'ai eu vraiment du plaisir et où j'avais envie de combler mon partenaire.

— Mais tu n'entreras pas dans les détails, c'est ça ?

— Pas ceux que tu pourrais imaginer, non... Je te parlerai de mes ressentis, mais pas des gestes précis, tu vois ?

— OK...

— Je pense que le plus important, c'est le temps que chacun accorde à l'autre. Le temps, l'attention, la tendresse, les caresses. Ce n'est pas une question de technique particulière. Bien sûr, il y a des pratiques qui sont plus efficaces que d'autres, mais je pense que, dans l'ensemble, ce qui est le mieux, c'est le souci du plaisir que vous vous accorderez l'un à l'autre.

— OK. Je ne dois pas avoir peur, alors, ou avoir envie d'aller trop vite trop loin.

— Non, je te dirais juste : prenez votre temps. Mais en sachant que cela fonctionne par palier. Et que, pour moi, le mieux, c'est d'aller lentement, de savourer chacune de vos découvertes. Je pense que l'amour que vous vous portez l'un à l'autre vous guidera bien mieux que ce que je pourrais te raconter ou ce qui pourrait t'instruire sur le net.

— Et l'amour, tu l'as fait avec beaucoup d'hommes ?

— Mais tu ne lâches rien !

Mamou riait. Elle était vraiment terrible, Myrtille.

— Pas tant que ça. Tu sais, pour moi, faire l'amour, ça doit être un échange, un véritable échange. Certains hommes te donnent beaucoup, du moins, c'est ce qu'ils imaginent. Alors que non, ils te gavent. Moi, même si je ne suis pas du genre à dominer, j'aime quand l'un mène, puis l'autre. Voir le plaisir dans les yeux d'un homme, le sentir réagir sous tes caresses, ça, c'est ce qui me donne le plus de plaisir.

— Je pense que j'ai compris. Merci, Mamou.

— Tu y vois plus clair ?

— Oui oui. Je ne vais avoir qu'une envie, à présent : retrouver Austin et... échanger avec lui sans accepter d'être gavée !

— Je pense que vous y arriverez très bien tous les deux : avec les doigts magiques qu'il possède et la jolie bouche que toi, tu as...

— Mamou...

Myrtille lui lança un regard faussement outré mais pas désapprobateur. Elle avait compris. Sa grand-mère lui faisait confiance. L'ado était loin d'imaginer que des années auparavant, l'aïeule et Adam avaient passé une nuit à la fois chaude et tendre. Une seule. Ils s'étaient donné tout ce dont Mamou avait parlé : du plaisir, de la douceur, de l'attention. Mamou avait toujours imaginé que pour l'homme, c'était juste un coup d'un soir. À présent, elle se rendait compte que c'était peut-être plus… comme une dernière nuit, comme s'ils allaient se quitter après s'être aimés passionnément. Cela avait été quelques heures en dehors du temps mais si intenses. Elle s'était longtemps souvenue de cette soirée d'avril et de la nuit qui avait suivi. Elle avait comme cultivé ses sensations. Adam et elle n'en avaient jamais parlé. Papou et Mary, qui était déjà en couple avec Adam à ce moment-là, avaient été au courant, mais comme les choses ne s'étaient pas renouvelées, le silence avait été de mise.

— Bon, on le fait, ce dessert ?

— Crumble, ça te dit ? Fruits rouges ? Pommes ?

— Fruits rouges.

— Parfait, comme ça, Papou en mangera. D'habitude, quand c'est aux pommes, j'ajoute de la cannelle et… il n'aime pas trop…

Elles s'activèrent toutes les deux : mélanger le beurre et le sucre roux, précuire les fruits après les avoir un peu nettoyés. Faire chauffer le four. Une bonne heure plus tard, le plat sortit fumant de celui-ci. Il faudrait encore attendre qu'il refroidisse pour s'en régaler. Cela sentait bon dans toute la maison. Quand Mamou appela Papou pour le goûter, celui-ci regarda son épouse et Myrtille en souriant.

— Vous, vous n'avez pas fait que cuisiner, toutes les deux, je me trompe ?

— On a... parlé, aussi !

Elles se regardèrent en souriant : la complicité qu'elles partageaient faisait plaisir à voir...

6. Adam

Un carton d'invitation

— Il y avait ça au courrier, ce matin. C'est pour « Monsieur Adam B. et sa famille ». Ça vient de France. Tu as une idée de qui nous envoie ça ?

Mary tendait une enveloppe bleue à son mari. Celui-ci releva un sourcil un peu intrigué. Il ne connaissait personne dans ce pays, ou plutôt, il ne connaissait personne se servant encore de la poste… De qui cela pouvait-il venir ? Il ouvrit l'enveloppe. Il tenait entre les doigts un carton bleu pervenche qui sentait la rose sauvage, ce parfum un peu suave qu'il aurait reconnu entre tous. Sa gorge se noua. Une bouffée de nostalgie…

Marine et Arsène L. Agathe et David H.

ont le plaisir de vous inviter aux noces d'Adèle de Nicolas

le samedi 21 avril

au Domaine de Fleury

Merci de confirmer votre présence

La réception a lieu à 16 h

Adresse du jour : 7 Rue du Paturail à 3300 Creuzier le vieux

Ainsi, Marine et Arsène avaient une fille… Adèle devait avoir au moins vingt ans, vingt-deux, vingt-trois ans, peut-être. Et Agathe, son amie, un fils. Par contre, Adam ne voyait pas qui pouvait être le papa de Nicolas… Peut-être quelqu'un qu'il avait croisé, mais le temps avait tellement passé depuis qu'il travaillait chez Radio-Sonik avec Marine et Agathe.

Il se souvenait de ses débuts à la radio, de son taf d'ingé-son. Il devait mettre en ondes deux émissions, au moment où Agathe et Marine animaient, l'une les *Frissons Noctambules* et l'autre les *Coquineries littéraires*. Cela avait été une période heureuse, riche et intéressante. Il avait été subjugué par la voix de Marine, sa façon de lire. Et puis, ils avaient vécu une histoire d'amour, jolie, douce et passionnée à la fois. Ensuite, il avait rencontré Nadège qui bossait dans l'autre radio où il travaillait, une radio nationale. Marine, de son côté, avait fait la connaissance d'Arsène, un monsieur qui, comme elle, « jouait de sa voix ». Cela s'était concrétisé pour eux, apparemment.

Adam n'avait plus eu énormément de nouvelles depuis tout ce temps. Il n'avait jamais oublié son premier amour. Marine lui avait tellement appris…

C'était le temps d'Apolline R., dont il avait enregistré le premier album puis un autre. Le temps aussi où Simon, le mentor de la chanteuse, et lui étaient beaucoup en contact. Par la force des choses, ils avaient passé pas mal de temps ensemble. Adam était le sonorisateur attitré d'Apolline et celle-ci avait été rejointe par Simon qui assurait les chœurs de temps en temps. Ils avaient écumé certaines petites salles de la capitale et Simon, heureux, avait retrouvé ses vingt-cinq ans. Il devait avoir plus de soixante ans, à présent1… Adam se souvenait de cet homme qui avait commencé par être son prof de littérature, quand il faisait ses études d'ingé-son. Il se demandait bien ce qu'il était devenu. Peut-être se retrouveraient-ils aux noces d'Adèle et de Nicolas.

L'homme tournait et retournait le petit carton bleu pervenche. Outre ces gens à qui il songeait, il y avait Marine, surtout elle. Il se souvenait de la manière dont elle l'avait séduit. Et puis de ce qu'il avait imaginé comme stratagème pour lui montrer que lui aussi, il avait des idées un peu saugrenues. Justement, les… rubans bleus. Il était allé acheter cela dans une petite mercerie qui ne payait pas de mine. La vendeuse avait soigneusement pris les mesures pour qu'il puisse s'en servir comme bâillon avec Marine. C'était la couleur préférée de la jeune femme, à l'époque. Et visiblement, ça n'avait pas changé. Arsène et elle avaient dû mettre un bébé en route rapidement après leur rencontre. Et ils devaient avoir… bien plus de soixante ans, à présent. Il était curieux de voir quelle allure avait le couple maintenant, et si Adèle et Nicolas ressemblaient à leur maman respective…

Mary regardait Adam sans rien dire. Il était troublé, elle s'en rendait compte, mais pour quelle raison ? Qui était l'expéditrice et quel était le message ?

— Tu ne dis rien ?

Adam tournait et retournait toujours le petit carton.

— C'est une invitation, c'est ça ?

— Oui, pour un mariage…

— Oh, de qui ? Je les connais ?

---

1. On fait la connaissance de Marine, Apolline R., Agathe et Simon dans *Frissons Nocturnes – Tome 1*. Et d'Arsène et David dans *Frissons Nocturnes – Tome 2*.

— Non, c'était… il y a longtemps, répondit Adam en soupirant.

— Tu as l'air… surpris. Tu ne t'attendais pas à ce mariage ?

— Ce n'est pas ça : c'est plutôt que je n'avais plus de nouvelles de ce couple depuis longtemps. Je ne savais même pas qu'ils étaient au courant du fait que nous soyons ici, maintenant, à Londres. Je suis étonné, effectivement. Je n'aurais jamais imaginé qu'on soit invités à la noce de leur progéniture…

— Tu me montres ?

Regardant attentivement l'invitation, Mary lui demanda si c'était les parents du marié ou de la mariée qu'il connaissait. Il répondit qu'il connaissait Marine et Agathe, avec qui il avait travaillé pour une radio il y avait très longtemps. Et aussi qu'il avait croisé Arsène et qu'ils avaient échangé quelques mots, juste une fois. Mary était étonnée.

— Tu ne m'as jamais parlé d'eux… Pourquoi ?

— C'était particulier, tu sais.

Il avait les yeux perdus dans le vide.

— C'est un secret ?

— Non, pas vraiment…

Elle se rendait compte du fait que ce devait être important. Oui, elle connaissait Adam comme quelqu'un d'introverti même avec elle. Il lui avait raconté certaines choses de sa vie « avant elle », mais visiblement, pas tout. Et ce pan de vie devait être important et très bien enfoui…

— Tu préfères qu'on n'en parle pas ?

— Voilà, dit-il. Pas pour le moment, du moins.

Son histoire avec Marine avait été racontée de long en large dans les *Frissons Nocturnes* de Mamou, mais Mary était loin de se douter que l'aïeule avait « un peu » imaginé, que ce qu'elle narrait dans son petit bouquin, ce n'était qu'une partie de réalités mises à la sauce « B. ». Et de toute manière, l'épouse d'Adam n'avait pas lu l'ouvrage. Un exemplaire de celui-ci avait fait le bonheur d'Austin et Myrtille aux grandes vacances précédentes, mais eux non plus ne l'avaient pas lu en entier du fait de son contenu osé. Adam, quant à lui, avait eu du mal à accepter que les états d'âme de son amie et lui soient livrés en pâture de cette manière, mais comme il était clair qu'au moment de sa sortie, l'auteure ne faisait pas vraiment partie de sa vie… Certains avaient même cru que Mamou y racontait le début de la relation entre Elisabeth, la maman de Myrtille, et celui qui allait devenir son mari, Alexandre… Elisabeth avait une très jolie voix, certes, mais elle ne l'employait pas pour lire ce genre de prose. Quant à Alexandre, il était ingé-son comme Adam, mais il n'avait jamais bossé pour quelque radio que ce soit. Ces *Frissons*, c'est ce que Mamou avait imaginé de la relation entre Marine et lui. Des « bouts » de vrai, mais aussi de l'invention…

— On répond qu'on y va ? demanda Mary.

— Oui, évidemment… Mais pas sans que je t'aie expliqué de quoi il retourne.

— D'accord…

Mary semblait rassurée.

— Mais, j'y songe, enchaîna-t-elle, c'est au moment où Myrtille sera chez nous. Tu penses que… ?

— Je vais confirmer notre présence en disant qu'on sera cinq en tout. Si ça se trouve, Marine ne sait pas qu'on est parents de juste deux fils…

— OK. Tu n'oublieras pas, hein ? C'est dans à peine deux mois…

L'adresse de Marine et Arsène était indiquée au dos de l'enveloppe. Il allait répondre tout de suite... Et il chercherait s'il avait toujours l'adresse mail de Marine, histoire de lui envoyer un mot par là « pour être sûr ».

Souvenirs

Une des choses dont Adam se rappelait avec précision, c'était la curiosité de Marine. Pour le plaisir, souvent, pour la littérature, aussi, pour lui, tout simplement. Il lui avait fait découvrir quelque chose sans savoir vraiment si après...

Cette chose, c'était le binaural. C'était une technique d'enregistrement particulière. Il se rappelait un peu avoir étudié cela sans s'y être intéressé vraiment. Et puis, on lui avait fait écouter un site de podcasts. Il se souvenait très bien de son nom : VOXXX, la voix, en latin. Un jour, il avait mis les écouteurs sur les oreilles de son amie et l'avait regardée chauffer, simplement, en « écoutant ». Le rendu auditif donnait l'illusion qu'on était dans la même pièce que les gens qui étaient enregistrés. Ici, c'était « au lit, entre deux hommes ». Deux hommes qui se parlaient de choses très excitantes. De caresses, d'attentions, dont Marine aurait été le centre.

Elle lui avait dit avoir apprécié plus qu'un peu. Surtout la voix qui était dans son oreille gauche. Il n'y avait pas que la voix : c'était aussi une question d'intonations. Le monsieur avait un ton désinvolte, amusé. Il ne se prenait pas au sérieux. Adam était certain que Marine avait réécouté l'homme quand elle était seule. Peut-être pas en se masturbant : il savait qu'elle était très sensible aux sons, à la voix en général, aux mots dits. Elle n'avait même pas besoin de se toucher pour se donner du plaisir. Elle ne lui avait jamais expliqué exactement comme cela se passait dans son corps, mais il était sûr que dans sa tête, cela explosait. Et comme elle était plutôt cérébrale, elle avait dû prendre son pied de cette manière, sans lui.

Et puis, celui à qui appartenait cette voix et elle s'étaient rencontrés à l'occasion d'un enregistrement à Paris. C'était lui, Adam, qui l'avait présentée à David, le responsable du studio. Celui-ci cherchait des voix pour Audible. Et Simon lui avait fait écouter un enregistrement d'une émission *Coquineries littéraires* que Marine animait, à l'époque. De fil en aiguille, Adam se remémorait comme tout s'était enchaîné.

Marine avec le son d'une jolie voix dans les oreilles. Marine dans le petit studio qui enregistre un bout de lecture pour David. Marine qui fait la connaissance d'Arsène, c'était le nom du monsieur dans son oreille gauche. Marine qui, après l'avoir tellement aimé, lui, se tourne vers Arsène quand leur histoire se termine. Et maintenant, Adèle, la fille du couple, se mariait… La vie est, souvent, pleine de coïncidences…

Il se rappelait du jour où il avait croisé Arsène pour la première fois. Il connaissait sa voix, oui, quoiqu'il ne soit pas aussi attaché aux timbres des gens que Marine. C'était lors d'un concert. Quand il s'était rendu compte que la jeune femme et Arsène étaient en couple, il en avait été soulagé. Il savait combien elle avait souffert de leur rupture. Elle aurait dû se rendre compte que leur histoire n'était pas amenée à durer : une aussi grande différence d'âge… Mais ils s'étaient accrochés à cette relation dans un premier temps. Il l'avait aimée. Vraiment aimée. Elle était douce et vive à la fois, enthousiaste, toujours prête à sortir des sentiers battus. Elle l'avait initié de manière délicieuse et tendre. Il avait découvert le désir, le plaisir, à son contact. Ils avaient été heureux, très heureux. Et puis, il avait croisé la route de Nadège, plus jeune. Par certains côtés, elle ressemblait à Marine. Pas physiquement, mais dans sa tête. Elle avait été comme une bouffée d'oxygène. Ensuite et finalement, il avait fait la connaissance de Mary, qui combinait le calme et la réserve avec un appétit de la vie à toute épreuve. Oui, il y avait eu B., emportée, amoureuse de lui depuis toujours, il lui semblait, avec qui il n'avait passé qu'une nuit magique. Mais les choses avaient retrouvé leurs marques ensuite. Il était avec Mary depuis des années et plus jamais, ils ne s'étaient laissés entraîner, B. et lui, dans une histoire comme celle qui avait eu lieu la nuit suivant ce concert d'avril…

Comme le temps passait. À présent, Marine et Arsène mariaient leur fille. Quant à B., elle faisait à nouveau partie de sa vie. Enfin, pas elle réellement. Plutôt sa descendance. Myrtille, sa petite-fille était amoureuse de leur aîné à Mary et lui. Et quand une femme de cette famille est amoureuse… Il savait trop ce que cela pouvait donner. Ici, aucun risque de dérive, si on pouvait dire : ils avaient le même âge, un goût semblable pour la musique. Myrtille tirait et poussait un peu Austin, mais cela leur faisait du bien à tous les deux. Elle ressemblait à sa grand-mère. Austin avait hérité de lui, il en était bien conscient. Bref, si cette histoire pouvait durer, ce serait bénéfique pour chacun. Sans doute aussi cela mettrait un peu de baume au cœur de B. Parfois, il se sentait coupable de la manière dont les choses s'étaient passées entre eux et des dégâts que cela avait faits dans le cœur de l'aïeule. D'un autre côté, il était certain d'avoir

« bien fait les choses ». Il n'avait aucun reproche à se faire, au final… Il ne lui avait jamais rien donné à espérer.

Il chassa ses pensées d'un geste furtif de la main. Il fallait se tourner vers l'avenir, à présent. L'avenir de sa famille, de ses fils. L'enregistrement d'Austin et de Myrtille, le séjour de cette dernière ici, à Londres. Le mariage d'Adèle et Nicolas auquel ils avaient été invités. Il se demandait d'ailleurs comment Marine avait obtenu son adresse. Et puis, l'audition de son fils. Cela se passerait-il aussi bien que les concerts qu'il avait donnés avec la petite-fille de B. et celle-ci ? Il était confiant. Miss Bee avait été élogieuse concernant ses progrès pianistiques et d'analyse musicale. Tout cela s'annonçait pour le mieux.

Correspondances

Chère B.,
Tout se passe bien de votre côté ? Comme se porte T. ? Et toi ?
Le séjour de Myrtille se profile. Je sais que tu m'as demandé de prendre contact avec Elisabeth, mais je voulais ton avis d'abord. Je suppose que ta fille se rangera à ton appréciation…
Nous sommes invités, Mary, les garçons et moi, aux noces de la fille de Marine et Arsène. Je suppose que tu te souviens d'eux ? Cela tombe durant le séjour de Myrtille à Londres. Tu serais d'accord que nous l'emmenions avec nous ?
Merci pour ta réponse. Et « prends soin de toi », c'était ta formule conclusive quand tu m'écrivais, tu te souviens ?
Affectueusement,
Adam

Très cher Adam,
Mais oui, nous allons bien. Et vous ?

Pas de soucis pour que Myrtille vous accompagne. J'en touche un mot à sa maman et je reviens vers toi. Ça ne devrait pas poser de problème.

Comme on n'est pas lundi, mais que je voulais te répondre dès réception de ton message, je ne la fais pas plus longue.

À bientôt. Je t'embrasse.

B.

Coucou ma fille !

Comment se porte la famille ?

J'ai reçu un mail d'Adam. Il me demande la permission d'emmener votre Myrtille au mariage de la fille de Marine. Je suppose que tu vois de qui je parle ? Je ne savais pas qu'ils étaient restés en contact.

J'espère que tu es d'accord parce que je lui ai déjà donné ma bénédiction...

Belle journée. Bisous.

Ta maman

B. reçut la réponse d'Elisabeth par SMS, histoire que les choses aillent plus vite qu'un mail, sans doute.

Pas de soucis. Je suppose que Marine ne va pas lire des histoires érotiques au mariage de sa fille ! Hahaha !

Et B. fit pareil pour Adam.

OK pour les parents de Myrtille. À très vite

Le temps séparant l'aïeule de ses pseudo-retrouvailles avec l'homme n'était plus trop long. Le temps séparant Myrtille d'Austin, pareil !

Mamou était tellement heureuse que Myrtille rencontre Marine. Adèle ressemblait-elle à sa maman ? Marine avait-elle d'autres enfants ? Elle espérait que sa petite-fille lui raconterait tout ! Elle n'irait pas jusqu'à la coacher, mais elle était très curieuse de ce que l'héroïne de ses *Frissons Nocturnes* était devenue dans la vraie vie. Cela devait être bizarre pour Adam de la retrouver après tout ce temps. Leur histoire avait été enjolivée dans le petit roman de Mamou, oui, mais le fond, c'était vraiment l'histoire d'amour que Mamou aurait voulu vivre avec lui, l'ingé-son.

Ce fut Mamou qui avertit Myrtille du fait qu'elle allait croiser la lectrice des *Coquineries littéraires*, cette émission de radio sulfureuse au cours de laquelle Marine lisait des textes érotiques. La jeune fille battait des mains. Ainsi, elle allait faire la connaissance de cette femme qui avait inspiré sa grand-mère. Peu importait que ce soit une ancienne « amie » du papa d'Austin. Cela avait de l'importance, sans doute, mais moins pour elle que pour son amoureux. Les jeunes gens n'avaient pas lu le livre d'un bout à l'autre. Ils avaient été un peu étourdis par l'érotisme qui imprégnait cette histoire. Ils se sentaient trop jeunes pour cela. Ils avaient apprécié les personnages, imaginant qu'Adam, le papa d'Austin, était le héros. Quant à cette Marine… Myrtille était certaine qu'elle avait existé, mais qu'il n'y avait pas « que ça ». Mamou avait peut-être imaginé cet amour qui les liait, la lectrice et l'ingé-son. Mais peut-être aussi avait-elle projeté ses sentiments pour Adam… Cela, elle n'en était pas certaine.

En se remémorant cette relation, Mamou tâchait de mettre un visage sur son personnage principal. Un petit visage ouvert, des yeux d'une couleur indéfinissable, un nez en trompette… Elle avait fait en sorte de se décrire, quand elle avait son âge au moment de l'histoire : une bonne quarantaine d'années. Et puis, cela n'avait pas été difficile non plus : Marine lui ressemblait, beaucoup. Elle était un peu plus menue, mais c'était normal : Mamou, à cet âge, était déjà maman de trois enfants et le plus âgé avait pratiquement dix-huit ans… Trois grossesses laissent des traces…

Confessions

— Donc, tu as eu une aventure avec… Marine ?

Mary avait les yeux écarquillés. Cela lui disait quelque chose, cette histoire, mais… c'était si loin. Adam n'avait jamais raconté ce premier véritable amour, celui qui l'avait définitivement parachuté dans le monde adulte. La quadragénaire continua.

— Mais, dit-elle, reprenant son souffle, vous n'avez pas le même âge.

À voir le regard un peu perdu de son mari, elle se reprit : peut-être avait-elle fait une bourde…

— Je sais, ça n'a rien à voir, l'âge. Comment cela a-t-il commencé ? Tu veux m'en parler ?

— Tu sais, Marine, à l'époque, était lectrice pour la radio dans laquelle je travaillais comme étudiant.

— Tu étais toujours étudiant ?

— Non non, bien sûr, mais… Ils m'avaient appelé pour un remplacement et c'est comme ça que j'ai fait sa connaissance.

— Tu me dis qu'elle était lectrice ?

— Oui, elle animait une émission qui s'appelait *Coquineries littéraires*. Le sous-titre, c'était « du piment dans votre ordinaire ».

— Tout un programme…

— En effet…

Brusquement, ce fut comme si Adam était à nouveau dans le petit studio. Il avait un léger sourire aux lèvres, les yeux rêveurs, son souffle s'était accéléré. Il sentit la tête lui tourner un peu et fut obligé de s'asseoir pour ne pas perdre l'équilibre. Les ailes de son nez vibraient, il avalait la salive qui affluait dans sa bouche qui, paradoxalement, lui semblait sèche. C'était ses lèvres, plutôt, qui l'étaient.

— Ça ne va pas ? Je vais te chercher un verre d'eau ?

Adam était toujours dans un état particulier, comme s'il se trouvait ailleurs, très loin.

— Laisse-moi un moment pour me reprendre, tu veux ?

Il avait parlé lentement et très sourdement.

Mary n'avait jamais vu son mari dans cet état de trouble. Il ne fallut pas plus de deux ou trois minutes qu'elle mit à profit pour aller chercher quelque chose de frais à boire.

— Alors…, commença l'homme.

— Prends d'abord quelques gorgées d'eau, on n'est pas pressés.

Adam s'exécuta et puis reprit

— Alors, comme je te l'avais dit, je préfère te parler de tout ça avant qu'on aille à la noce d'Adèle et de Nicolas.

Mary le regardait attentivement. Son regard à lui, par contre, était un peu fuyant. Ou plutôt, non, il était « rentré », tout à fait dirigé vers l'intérieur de lui.

Il continua en expliquant qu'avant Nadège, il y avait eu Marine. Que dans un premier temps, il avait complètement flashé sur sa voix, et sa désinvolture aussi, son petit air mutin, son sourire enfantin. Elle n'avait pas l'air d'avoir quarante ans quand ils s'étaient croisés pour la première fois, dix ans de plus que lui, tout au plus. Qu'il s'était dit qu'il avait envie d'encore l'entendre et de la regarder, mais que cela se limitait à cela. Et puis, ils avaient eu l'occasion de passer du temps ensemble hors radio, d'aller à des concerts, surtout. Qu'il avait été subjugué par son assurance, mais aussi par le respect qu'elle lui témoignait : elle connaissait un tas de choses dont lui n'avait aucune idée et c'est très gentiment qu'elle s'était occupée de faire son « éducation ».

— Pas que pour les choses du sexe, tu sais. Plutôt pour la vie en général, les relations hommes-femmes, les sentiments… Bref, elle m'a écolé durant toute notre relation. On a fait la connaissance de Simon et d'Apolline… Tu vois de qui je veux parler ?

— Bien sûr : ton prof et sa protégée, c'est ça ?

— Voilà. Ils ont commencé de tourner à Bruxelles et ils ont même sorti un petit album, puis un deuxième. C'est moi qui les sonorisais, à l'époque, parce que j'avais mixé les albums et que je connaissais bien leur répertoire.

De ça, Mary s'en souvenait. Comme la vie était étrange, tout de même… Il y avait eu le succès et puis un vide du côté de Simon. Apolline, quant à elle, avait continué sa carrière d'auteur-interprète. La guitare avait toujours été sa première confidente.

— Tu as des appréhensions de revoir Marine ?

— Non, pas vraiment. Et puis, je vais te faire un aveu.

— Ah ?

— Vous vous ressemblez pas mal.

Mary le regardait en souriant.

— On se ressemble de quelle manière ? Physiquement ?

— Oui, voilà, mais pas que…

Son épouse lui laissait le temps de sortir de son trouble. Il allait poursuivre, elle en était certaine.

— Les mêmes cheveux, le même regard. Elle est plus extravertie que toi, mais vous fonctionnez pareil : vous avez de l'énergie et de la ténacité. Tu vois ?

Oui, Mary voyait. Elle se dit que, mise à part Nadège, qui semblait plus effacée, les « femmes de la vie » de son mari se ressemblaient. Même B., à sa manière, alors que c'était plutôt lui qui avait été l'homme de sa vie. Elles étaient vivantes, sensibles. Elles n'hésitaient pas à le pousser et à le tirer pour qu'il sorte un peu de sa coquille, qu'il s'exprime.

— Pourquoi ris-tu ? lui demanda Adam en la voyant sourire à son tour.

— Parce que je me rends compte que la Myrtille de nos amis et de notre fils est pareille : elle tire et pousse aussi… Et que, dans le fond, si c'est ce qui vous rend meilleur, pourquoi pas ? Les qualités, vous les avez en vous, mais vous êtes tellement discrets qu'il vous faut bien des maîtresses-femmes comme nous pour les faire sortir un peu !

Mary et Adam se regardaient tendrement. Il y avait tant d'amour entre eux, de compréhension. Mary avait assez de tact pour ne pas trop brusquer son mari. Quant à Adam, il lui accordait toute sa confiance, presque aveuglément.

7. Surprises...

Des mots, toujours des mots

— Dis, Mamou, je voudrais faire une surprise à Austin…

Myrtille bouillait. Elle était impatiente de révéler ce qu'elle avait en tête à sa grand-mère.

— J'aurai besoin de toi…

— Explique-moi. En quoi ta surprise me concerne-t-elle ?

— J'ai besoin de tes mains.

— Oh ? Mais pourquoi cela ?

— Tu m'avais parlé de tes chansons, tu te souviens ? Celles qui parlaient… d'amour…

— Tu voudrais en écouter l'une ou l'autre ?

— Oui et ma surprise, c'est d'en reprendre une et qu'on l'enregistre ensemble, toi au piano et moi au chant…

L'aïeule était étonnée mais heureuse.

— Tu cherches quelque chose de particulier, au niveau des paroles, je veux dire ?

— Une vraie chanson d'amour.

— Mais mes chansons, mis à part celle que vous allez enregistrer bientôt, ce sont toutes des chansons d'amour.

— Je voudrais un texte qui aille un peu plus loin que les… sentiments… Tu vois ce que je veux dire ?

Mamou la regardait avec des yeux en points d'interrogation… Myrtille continua.

— Dans le genre de ce qu'on a lu avec Austin dans les… *Frissons,* tu vois ? Allez, dis oui, Mamou.

La grand-mère fit le tour de la question. Il fallait une chanson un peu osée, mais pas trop, qui reste correcte tout en étant imagée.

— Je peux t'en proposer l'une ou l'autre. Tu me laisses un peu de temps ?

— Bien sûr.

L'aïeule pensait à une de ses premières compos. Elle ne savait pas de quand elle datait, mais c'était très ancien... Cela s'appelait *Je connais par cœur*. La chanson était assez soft : il faudrait juste changer les mots du dernier couplet. Si Myrtille voulait la chanter pour Austin, le texte n'était pas adapté du tout. Cela parlait de regards blessés, d'ignorance. Et entre eux, les choses étaient bien plus aisées et tendres qu'entre Mamou et Adam...

— Je vais te chercher quelque chose que tu pourrais aimer enregistrer pour lui, dit Mamou. Il faut un peu changer certaines phrases, mais je suis certaine que tu auras de bonnes idées... Il faut que ça reste cohérent et chaleureux comme ce que vous vivez réellement, non ?

— Bien sûr, Mamou.

— Je vais tâcher de retrouver le texte et puis on verra ce qu'on peut en faire.

— Et puis, je pourrais travailler avec Nico ?

— Il suffira de le lui demander la prochaine fois que tu le verras...

— Et pour les paroles un peu osées ?

— On en parlera ensemble...

— Ça pourrait être des choses... vécues ? demanda timidement Myrtille.

— Oui, si tu n'as pas trop peur que les autres auditeurs se posent des questions...

Il ne faudrait pas qu'Elisabeth ou Adam se demandent où en étaient leurs rejetons niveau sexe… Ou alors, rester dans le très correct, histoire que Myrtille ne s'attire pas les foudres de sa maman !

***

Je connais par cœur
Le grain de ta peau
L'endroit où elle rougit quand il fait très chaud
Je connais par cœur
La couleur de tes yeux
Combien ils sont verts avec des reflets bleus
Je connais par cœur
La longueur de tes cils
Le dessin élancé et net de tes sourcils
Je connais par cœur
La forme de tes dents
L'éclat de tes sourires délicieux et charmants…

Je connais par cœur
L'ourlet de ta bouche
Les mots que tu dis qui parfois font mouche
Je connais par cœur
Tes ongles à peine rongés
Avant tu les coupais : ça aurait donc changé
Je connais par cœur
Le galbe de tes cuisses
La rondeur qu'elles esquissent sous ton jeans
Je connais par cœur
Ce soupçon de ventre
Quand tu respires, je vois ta chemise se tendre

— Jusque-là, ça te plait ?

— Oh oui…

— Après, on devra changer les paroles, comme je t'ai dit. Il y a des choses précises que tu voudrais lui raconter, à ton Austin ?

— Comme une petite déclaration d'amour, mais pas un truc qui fait « genre éternel », tu vois ?

— Plutôt que vos sentiments sont encore jeunes, mais que tu as envie de les voir devenir plus profonds.

— Oui, quelque chose du style. Tu penses que… ça irait ?

Myrtille regardait sa grand-mère avec curiosité. Elle était vraiment épatante, elle comprenait sans qu'on lui explique vraiment. Il n'était pas difficile de parler avec elle, de se confier. À croire que ce qu'elle, Myrtille, voulait dire à Austin, c'était si évident que ça en paraissait simple…

— Je vais un peu chercher et fais pareil de ton côté. Il faut que ça commence et termine par « je connais par cœur », tu as bien observé, hein ?

— Oui oui. Je vais réfléchir. J'ai vraiment envie que ce soit réussi, tu sais, Mamou.

Celle-ci pensait, quant à elle, qu'avec sa jolie voix, sa petite-fille avait toutes les chances de séduire Austin davantage encore. Elle n'ajouta rien. Elle imaginait déjà l'effet que cette chanson produirait sur l'amoureux de Myrtille. Celle-ci voulait-elle lui chanter ça en direct ? Les enregistrer, Mamou et elle ?

— Dans un premier temps, laisse-moi un peu retravailler l'accompagnement.

— D'abord, il faut que Nico me dise dans quel ton je dois chanter : ce sera peut-être un peu plus haut, un ton, un ton et demi… Tu vois ?

Mamou se dit que Myrtille jargonnait comme une vraie pro et cela la toucha… Il serait certainement amusant de travailler cela avec elle et qui sait, peut-être le coach vocal allait-il lui demander à elle de venir accompagner l'adolescente durant une séance…

Fruitée

Austin était dans un des petits box que l'école mettait à disposition pour les pianistes. Ils avaient le loisir de travailler leur instrument durant leurs heures de fourche. Il fallait juste qu'ils réservent l'endroit à temps : cela leur laissait une heure ou deux de liberté face au piano. C'était un bon début pour ce qu'Austin avait comme projet.

Depuis quelque temps, il s'était lancé dans l'improvisation. Pas longtemps : une demi-heure à la fois, seulement. Il trouvait des petites formules harmoniques et puis il lui venait d'autres idées, ce qu'il intégrait dans ses premiers enchaînements. Cela s'enrichissait de plus en plus. Là, il tenait quelque chose d'intéressant, il en était certain.

Ce qu'il aurait voulu, c'était lire un texte de lui ou d'un autre sur un fond musical au piano. Enregistrer d'abord l'instrument et ensuite, la voix par-dessus. Les mots, il les aurait choisis tendres, délicats. Il se disait que même si Myrtille avait une personnalité plutôt impétueuse, comme toutes les filles, elle devait avoir un côté fleur bleue un peu romantique. C'était ça qu'il voulait toucher, ce cœur-là, même si c'était la face énergique de la jeune fille qui l'avait séduit en premier lieu.

Il reprit son impro.

Pas besoin de perles et de dentelles
Elle est simplement nature, elle

Oui, ça serait bien, comme petite ritournelle entre chaque paragraphe plus long. Il ne se sentait pas vraiment poète. Il se dit que celle qui pourrait l'aider, c'était la grand-mère de Myrtille. Il allait la contacter, lui demander des idées et aussi, comment mettre tout cela en forme. Elle avait l'habitude d'écrire, elle… Bien sûr, c'était aussi de la guimauve, parfois. Mais son amie serait sûrement touchée par les mots suggérés par Mamou… *Je pense qu'elles se ressemblent, ces deux-là. Myrtille, c'est comme la prolongation de Mamou.* Il ne croyait pas si bien dire…

Il songerait de son côté à ce dont il voulait parler et puis il laisserait un peu prendre la sauce. Et si ça ne marchait pas à ce moment-là, il ferait appel à l'aïeule.

Les yeux de Myrtille, ses seins menus, adorables, ses jolies fesses, son ventre, aussi. Sa bouche. Ses cheveux mi-longs. Il se demandait tout à coup pourquoi il n'avait jamais été intéressé par le physique d'autres filles. C'était étrange. Oui, il était solitaire. Il pouvait passer du temps à lire, à écouter de la musique, à fouiner sur le net à la recherche de belles photos, à mater des feuilletons ancestraux… C'était varié, sa manière de s'occuper, mais son esprit était toujours en alerte et au moins, il ne s'ennuyait pas !

Il commença par faire une liste des choses qu'il aimait chez Myrtille. Sa vivacité d'esprit, sa curiosité. Il voulait aussi parler de ses espoirs concernant un rapprochement physique. Pour ça, il était moins franc. Fallait-il qu'il explique précisément ce qu'il attendait de la jeune fille ? Non, restons dans le soft. Et puis, il y avait certainement moyen de parler de cela de manière délicate. Il demanderait à Mamou.

D'ailleurs, il se dit qu'il fallait battre le fer tant qu'il est chaud. Comme il avait son adresse mail grâce au « cadeau » que son père et l'aïeule leur avaient fait à Myrtille et lui, il allait lui envoyer un petit mot pour lui parler de son projet immédiatement. Mais, bien sûr, il lui demanderait de tenir sa langue !

Bonjour Mamou,
J'espère que tu vas bien. De même que Papou.
J'ai un... projet. Et j'aimerais ton aide.
Je voudrais faire une surprise à Myrtille. Elle sait qu'elle va avoir un cadeau audio, mais elle ne sait pas de quoi il s'agira. Et pour tout te dire, je ne sais pas encore très bien non plus ce que je lui offrirai...
J'improvise pas mal pour le moment et c'est là que je voudrais un petit coup de main. Je me disais que ça pourrait être chouette de composer un morceau qui servirait de fond sonore à un texte que je lirais. Un texte écrit spécialement pour elle. Tu vois ?
Tu pourrais m'aider ? Je me suis enregistré et je t'envoie ça en pièce jointe, histoire que tu puisses te faire une idée de la chose.
Je peux te demander de ne rien dire à Myrtille de cette surprise ?
Bisous à Papou et à toi, à bientôt.
Austin

***

Mamou était en train de chercher sur le Cloud le texte de sa chanson *Je connais par cœur*. Elle s'était dit que tant que le temps était maussade, il valait mieux ne pas sortir.

Une tasse de thé fumait sur la table de la salle à manger sur laquelle était posé son petit ordi portable.

C'est à ce moment que le petit signal sonore de réception de message se fit entendre.

austin@bertin.uk – un petit coup de pouce

Ça alors, pensa l'aïeule, *c'est vraiment une coïncidence troublante.* Je fais des recherches pour Myrtille et je reçois un mail de son amoureux précisément en même temps… Je me demande bien ce qu'il entend par « un petit coup de pouce ». Elle abandonna momentanément ses prospections de paroles et ouvrit le courriel d'Austin.

Au fur et à mesure de sa lecture, un sourire s'élargissait sur son visage. Quand elle eut terminé, elle riait franchement. *On va les aider, ces jeunes,* se dit-elle. Elle avait tellement envie que tout se passe bien entre eux. Elle se sentait un peu leur ange gardien…

Elle répondit dans la foulée qu'elle acceptait la proposition avec joie. Elle omit évidemment de parler des conseils que Myrtille lui avait demandés et du projet de l'adolescente. Elle promit à Austin de garder le silence au sujet de son entreprise à lui. Elle avait besoin d'infos concernant ce que l'ado trouvait de particulier chez son amie…

Elle reçut une réponse rapidement. Une liste de qualités physiques et aussi un souhait de… fruit. Il aurait aimé que la description de la jeune fille contienne des mentions de goût ou d'aspect de fruits. Elle s'appelait Myrtille, cela allait de soi, non ?

Mamou pensa à une peau abricot doré, dans laquelle on aurait envie de mordre. C'est la première chose à laquelle elle songea. Et puis, elle pensa aussi à un parfum un peu sucré. L'aïeule ne savait pas quel gel douche sa petite-fille employait, mais cela devait être framboise ou fraise, un fruit rouge, en tous cas. Elle devait parler de cela. Elle balaya l'idée d'une abeille bourdonnante et bruyante qui récolte le pollen... Cela aurait pu donner une image butineuse et inconstante de Myrtille qui ne l'était pas du tout, juste très vivante.

Elle allait établir une petite liste, l'envoyer à Austin. On verrait ensuite...

Elle reprit ses recherches au sujet des paroles de *Je connais par cœur*... Qu'allait-elle proposer à Myrtille comme adaptation de ce dernier couplet ? Elle se voyait un peu mal lui dicter les mots qu'elle avait encore toujours au plus profond de son cœur pour Adam...

Peut-être pourrait-elle orienter sa petite-fille vers l'alchimie qui existait entre les adolescents. Cela n'avait jamais été le cas entre le père d'Austin et elle. Mais justement, c'était là-dessus qu'il fallait tabler : leur complicité, le plaisir de faire de la musique ensemble, le fait que chacun évolue grâce à l'autre. Elle décida d'en parler avec la jeune fille ; c'était « sa » chanson aussi, après tout.

Et pour ce qui était d'Austin, elle tâcherait de communiquer avec lui par Skype...

Comme la vie réservait de drôles de surprises, parfois. Il y a si longtemps, c'est avec une messagerie de ce genre qu'ils avaient commencé d'échanger, Adam et elle. Comme tout semblait simple, alors. Et puis, ça avait vraiment tourné en eau de boudin – c'était une expression tout à fait désuète à présent mais tellement imagée pour ce qu'elle voulait dire...

Elle se dit qu'elle attendrait lundi pour parler à Adam du projet de leurs ados. Peut-être cette attente qu'elle se fixait édulcorerait un peu l'envie qu'elle avait à nouveau de lui...

8. Un lundi comme un autre

Une nouvelle semaine s'annonçait. Au programme, un cours de piano où Austin devrait présenter la fameuse fugue de Bach en entier, le *Menuet*, l'accompagnement de la chanson de Regina Spektor et pour terminer, ce fameux intermezzo de Brahms qui lui donnait du fil à retordre.

Il avait déchiffré ce dernier jusqu'au bout et la deuxième partie du morceau était pratiquement au bon tempo. Sa prof lui avait dit qu'ils pourraient travailler cela ensemble, surtout au niveau des doigtés. Cela l'avait un peu soulagé : il savait qu'en cas d'embûches ou d'hésitations, elle lui donnerait des conseils avisés et il comptait bien sur son aide.

C'est détendu qu'il arriva dans la vaste classe de piano. La partition de la pièce en question et des autres morceaux qu'il bossait était dans un sac qu'il portait en bandoulière, bien rangé. Celui-ci contenait également une petite trousse avec un porte-mine muni d'une gomme, d'un stylo et de trombones. Un petit carnet aussi, quadrillé, dans lequel il notait tout un tas de choses : cela allait de ses idées au niveau de l'interprétation des morceaux qu'il étudiait aux enchaînements d'accords intéressants qu'il trouvait pour ses improvisations. Il y avait des dates, échéances qu'il s'était fixées pour l'avancement de son programme. Il était organisé, mine de rien !

Il franchit la porte. Sa professeure le regardait approcher sans le voir. Il installa son sac sur une des chaises de l'endroit, prit sa partition et s'installa à l'instrument. Avec un parfait contrôle, il déposa les mains sur le clavier et, se laissant bercer par les triolets et les blanches, entama l'intermezzo. Il avait pris le temps d'écouter « le vieux Glenn » comme l'appelait sa professeure. Les fantaisies, mais aussi les ballades. Il avait été touché par la manière particulière qu'avait le pianiste d'aborder le répertoire de Brahms. Et c'était vrai : il y avait des choses qui lui paraissaient lumineuses. Pas que dans la pièce qu'il travaillait, non. Dans d'autres morceaux aussi qu'il avait auditionnés pour préparer ce cours. Bref, même s'il n'en était encore qu'à la découverte, le fait qu'il passe plusieurs soirées à se plonger dans des enregistrements de virtuoses ou de gens au talent plus intimiste, l'avait bien dégrossi et lui avait ouvert les oreilles mais aussi l'intelligence. Il avait compris ce que son professeur lui avait dit des plans sonores. Oui, c'était limpide à présent. Bien sûr, il y avait du travail à fournir, mais il avait saisi comment tel ou tel motif devait sonner.

Ses réflexions le déconcentrèrent un peu et il s'empêtra au début de la deuxième page alors que la fois précédente, il s'en était sorti de mémoire et sans accro. Sa professeure leva les yeux, un peu surprise. Qu'est-ce qui se passait ? Il fallait qu'elle tire cela au clair. Sans se démonter, Austin continua : la fin de la première partie fut exécutée sans hésitation ou erreur. Il passa ensuite à la partie plus virtuosique. Il ne cafouilla pas mais était moins à l'aise. Aucun problème non plus pour la fin, mis à part le fait qu'il retenait un peu les arabesques de la main gauche ; elles manquaient de fluidité, il devait encore les travailler.

— C'était tout à fait honorable, Austin !

L'ado était un peu gêné. Il se rendait très bien compte de ses faiblesses. Il ne savait pas vraiment comment y remédier mis à part le temps passé à s'échiner sur les traits, face à l'instrument. Il n'osait rien dire… ayant peur de déchaîner les foudres de son professeur. Oui, elle lui avait dit qu'elle trouvait cela « honorable », mais en général, quand elle faisait un compliment, c'était pour atténuer l'effet d'une remarque cinglante qui ne tarderait sans doute pas… Il préférait qu'elle fasse le contraire : commencer par le bâton et ensuite, la petite douceur.

— Vous n'avez pas l'air satisfait. Expliquez-moi…

— Eh bien, c'est….

— Oui ?

— J'ai fait des fautes, non ?

— Oui, vous avez raison. Et ?

Me voilà coincé, pensa-t-il.

— C'est… pitoyable, non ?

Tant qu'à faire, autant y aller fort.

— Mais non, enfin. N'exagérez pas.

Austin regardait sa professeure. Se rendait-il compte qu'elle était contente, vraiment satisfaite ?

— D'abord, releva-t-elle, vous ne vous êtes pas interrompu au moment de vos emberlificotages. Ça, je trouve que c'est un bon point, non ?

— …

— Ensuite, oui, c'est vrai, la partie lyrique est trop lente : elle devrait être moins hésitante. Mais bon, je sais que vous me la présentez pour la première fois et rassurez-vous, ça n'a l'air de rien, mais ce n'est pas si facile que cela…

Austin ne disait toujours rien. Il se demandait quand cela allait s'arrêter…

— Quant à la fin, elle aurait pu être plus propre. Terminer de manière contenue, même s'il y a plus de notes que dans la première partie. Vous avez bien fait ressortir la cellule de trois temps qui apparaît au début comme un leitmotiv. Vous voyez de quoi je veux parler ? Non ? Mais il faut vraiment TOUT vous apprendre….

Sa professeure leva les yeux au ciel : ces musicos, tous des ignares… Enfin, celui-ci avait de l'humilité, c'était déjà ça. Il est bien plus aisé de guider quelqu'un qui connait ses défauts et les assume.

— Donc, comme je vous l'avais promis, reprenons le passage central. Je vais vous indiquer les doigtés pour que cela coule mieux. Allons, poussez-vous.

La pianiste l'avait rejoint et, d'un petit signe, l'engageait à lui laisser la place face au clavier. Elle tenait un minuscule crayon entre les doigts de la main droite. Elle commença d'arpéger la main gauche par motif tout en indiquant les doigtés au fur et à mesure… Quand elle eut terminé, elle dit à Austin : essayez un peu de cette manière, pour voir…

Austin attendit qu'elle se lève pour s'asseoir à sa place. Posément, il rejouait chaque motif lentement, comme pour s'imprégner des écarts de doigts et des harmonies… Oui, c'était vrai : il n'y avait parfois qu'un petit changement et c'était bien plus aisé. Il y avait juste un endroit où cela coinçait.

— Nous ne sommes pas obligés d'être confortables avec les mêmes doigtés, lui dit sa professeure. Avons-nous la même main ? Non, il me semble. La vôtre est plus grande que la mienne. Cependant, les écarts entre mes doigts sont certainement plus importants que les vôtres. Il faudra travailler cela.

Le jeune homme regardait à présent sa main gauche.

— Oui, on pense souvent que pour être un bon pianiste, il faut des doigts démesurés. Eh bien non, en voici la preuve. Vos doigts sont plus longs que les miens et pourtant, j'ai plus de facilités à jouer ce passage en arpèges. Le travail, Austin, oui, le travail, et rien que le travail. Mais je vous fais confiance : vous y arriverez !

Austin la regarda : ouf, il ne repartirait pas « vaincu ». Le fait que son professeur lui accorde sa confiance, c'était motivant. Il en parlerait à Myrtille… dès ce soir.

— Et pour le reste ? Vous me jouez le titre de Regina ?

Pour cela, il pouvait un peu se détendre. Il s'exécuta.

— Mais voilà ! Ça, c'est vraiment parfait. Vous avez travaillé cela avec une chanteuse ?

Comment pouvait-elle le savoir ? Elle continua :

— Votre manière de terminer les phrases et aussi d'annoncer les entrées d'une petite respiration, comme si vous deviez signaler à un ou une partenaire que c'est à ce moment-là que le chant commence, c'est assez révélateur, non ?

Elle souriait.

— Et je suppose que pour le Debussy, c'est pareil ?

Elle allait voir comment il s'y prenait, oui. Elle le rejoignit, déplaça un tabouret et ils se lancèrent. Aucun arrêt d'un bout à l'autre. Elle semblait satisfaite.

— Voilà de l'excellent travail ! Il faudrait que vous m'indiquiez sur la partition quelles sont vos « intentions ». Je comprends très bien comment vous entendez les choses, mais je ne retiendrai certainement pas toutes les petites nuances et les subtilités que vous apportez aux simples notes.

— Je fais ça maintenant ? demanda Austin.

— Non, non. Pour le cours prochain, seulement. N'hésitez pas à être précis. Pas obligé d'être très long, soyez concis. Vous m'expliquerez et si le terme que vous indiquez ne me convient pas parce qu'il n'est pas adapté, je corrigerai de mon côté. Vous comprenez ?

Bien sûr qu'il comprenait. Les intentions, les nuances, les subtilités. C'était tout ce que Mamou lui avait expliqué… Il était heureux comme un poisson dans l'eau.

— Laissons la fugue pour le cours prochain ; le temps nous étant imparti est déjà pratiquement dépassé. Je peux compter sur vous ? Vous continuez de travailler la fugue, hein ?

— Oui, oui. On peut même dire que je vous joue ça en premier au cours prochain si c'est mieux.

— Effectivement : on sera plus frais et plus à même de se concentrer. Reprenez vos partitions, à présent, et votre petite trousse… Je suis contente de vous, réellement, contente, dit sa professeure. Nous avançons bien. Je pense que vous n'aurez aucun problème à présenter l'audition d'avril. Avez-vous déjà prévenu vos parents et amis ? Même si c'est impressionnant, voir dans le public, des visages connus, ça aide.

Austin pensait à Myrtille. Oui, elle était prévenue… Il sourit aux anges…

— Visiblement, c'est le cas ! ajouta sa professeure au vu de son sourire rêveur.

Elle lui tapota l'épaule en lui disant qu'elle aimerait être présentée à « sa chanteuse » parce qu'elle ne doutait pas de sa présence ce jour-là et aussi qu'elle serait contente de croiser Beatrix parce qu'elle serait de la partie également, elle en était sûre.

C'est sur ces mots qu'elle congédia son élève. Celui-ci ne demanda pas son reste : il ramassa partitions, porte-mines et carnet, les enfouit dans son sac et quitta la salle de musique. Il n'avait qu'une chose en tête : raconter tout cela à Myrtille.

Tu veux savoir, pour mon cours d'aujourd'hui ? Eh bien, j'ai reçu des félicitations. Baisers

***

Il était presque dix-sept heures quand Myrtille lut le message d'Austin. Elle sourit en soupirant. Comme il était loin et comme elle aurait été heureuse qu'ils puissent enfin se voir. Cela faisait huit semaines, déjà. Il en restait encore presque autant avant qu'elle fasse le trajet jusque Londres. Elle se mit à rêver : les retrouvailles avec son amoureux, l'enregistrement en studio sous la coupe d'Adam, le mariage auquel le père d'Austin et sa famille avaient été invités, l'audition du jeune pianiste et le concert de cette virtuose russe. Le programme était chargé.

Elle avait avancé dans la reprise de *Je connais par cœur*. Elle avait à présent une idée plus précise de ce qu'elle voulait raconter dans le troisième couplet. Après avoir parlé des yeux, des sourcils, des ongles – oui, c'était un peu étrange, mais il était bien question d'ongles –, des cuisses, du ventre… Ça se corsait, mais cela restait dans le très correct, celui des discours enamourés d'une jeune personne de seize ans. Elle se prit à fredonner la mélodie de la chanson-guimauve comme Adam aimait qualifier les compos de l'aïeule.

Je connais par cœur
   Ta démarche nonchalante, ton allure féline, ta voix grave et troublante
Je connais par cœur
Je connais par cœur

Tes regards discrets, la chaleur de tes bras, la douceur de tes
doigts
   Je connais par cœur
   Je connais par cœur tes baisers gentils même si tu fais semblant
d'être encore un enfant
   Je connais par cœur ton sourire si tendre
   Prends-moi contre toi, et surtout ne me lâche pas...

Elle trouvait que cela avait de la gueule, ses trouvailles... Il faudrait qu'elle montre tout cela à Mamou et lui demander son avis. Elle avait laissé parler son cœur, en tous cas. Et elle se dit que l'aïeule avait dû écrire ça de la même manière : laisser exploser hors d'elle ses sentiments et émotions intimes.

Elle se demandait si le sujet d'inspiration de cette dernière était le père d'Austin et si celui-ci avait eu l'occasion d'écouter l'une ou l'autre composition... Oui, sans doute, puisqu'il parlait de chansons-guimauves.

Comme elle ne verrait pas Mamou de sitôt, elle se dit qu'elle allait enregistrer *Je connais par cœur* par-dessus le mp3 qu'elle avait reçu de sa grand-mère. Tant pis pour le ton dans lequel elle chanterait. C'était juste pour lui donner un aperçu de sa version à elle.

Elle rejoignit sa pièce de musique, mit sa clé USB avec le fichier dans la petite console, les paroles sur la plaque bleue avec une pince et la plaque sur le pupitre. Il lui restait à régler le casque sur ses oreilles et le micro face à sa bouche et elle était prête. Elle commença par chantonner sans enregistrer, juste pour entendre sa voix « dans sa tête ».

Elle démarra au moment où la voix de Mamou s'élevait... Elle articulait de la même manière, elle s'en rendait compte. Son timbre était chaud mais un peu plus léger que celui de l'aïeule. Elle pensa : *Nico va me faire travailler ça un peu plus haut et je ne devrai pas traîner à renseigner Mamou sur le ton dans lequel on s'enregistrera...*

Après quelques essais avec le mp3, elle décida de chanter a capella. Tant pis si elle n'avait pas les repères au piano. Elle s'entraîna et puis fit une première prise. Le plus dur, pour elle, restait à faire : une écoute objective. En général, quand elle réécoutait ce qu'elle avait enregistré, elle chantonnait les paroles. Le but de l'écoute, c'était justement d'être assez attentive pour s'autocritiquer... Et ça... Elle avait beau se dire que ce qu'elle entendait à l'intérieur de sa tête, ce n'était pas ce que les auditeurs percevaient, elle avait vraiment du mal à dissocier les deux. Et pourquoi ne demanderait-elle pas son avis à Mamou ?

Elle lui envoya donc un mail avec « Je connais par cœur Myrtille.mp3 » en pièce jointe. Elle attendit quelques minutes puis se dit qu'avec un SMS, l'aïeule serait avertie que Myrtille avait posté quelque chose pour elle...

Comme c'est joli, ce que tu as fait de cette chanson-guimauve. Passe une belle soirée... Je t'embrasse.

Ouf, pensa la jeune fille, *Mamou apprécie...* Elle voulait que sa surprise fasse son petit effet. Elle n'allait pas faire de version définitive. Elle préférait encore un peu travailler la chanson avec son coach vocal, fixer la tonalité idéale, s'entraîner avec sa grand-mère et ensuite...

C'est juste avant d'aller dormir qu'en jetant un coup d'œil à sa boîte de réception qu'elle découvrit un mail de sa grand-mère qui lui proposait de lui envoyer la partie piano dès que Myrtille et Nico auraient fixé « le bon ton » ! La jeune fille rêva de coachings vocaux, de paroles à l'eau de rose, des yeux écumes d'Austin et de baisers très mouillés...

Adèle avait la peau claire et les cheveux foncés de son père, mais les yeux, la bouche et le nez de Marine. Elle était un peu plus grande que sa mère et plus fine, aussi. On était un beau matin de février ; il faisait froid mais le ciel était lumineux.

La demoiselle se regardait dans la psyché de sa chambre de jeune fille. Elle portait la robe qu'elle et sa mère avaient choisie pour sa noce qui aurait lieu d'ici un bon mois. Celle-ci était blanche, évidemment, de coupe très simple : le corsage un peu cintré, la jupe à peine évasée. Soie sauvage et dentelle. Décolleté dans le dos. Un large ruban de soie était noué au niveau de la taille et resserrait les tissus pour la marquer davantage.

Chaque lundi, depuis que la robe avait été achetée, Adèle la passait. Comme le voulait la tradition, elle rassemblait les fameux objets qui compléteraient sa tenue : un bleu, un nouveau et un vieux. L'emprunté, ce serait pour ce jour-là. Elle possédait déjà les premiers. Marine lui avait confié un petit gilet bleu pervenche en tulle. Il ne ferait sans doute pas encore très chaud au moment de la noce et couvrir les épaules de la jeune fille de manière délicate serait du plus bel effet. Pour le nouveau, Arsène, le père de la future mariée, lui avait fait cadeau de gants. Il n'avait pas lésiné sur le prix de ceux-ci et il y avait une belle raison à cela. Marine et lui en avaient dégotté une paire en résille dont le poignet était resserré par un joli ruban blanc. Une petite dentelle courait le long de la base des doigts et, détail suprême – c'était d'ailleurs ce qui justifiait le prix du cadeau – un petit saphir était fixé sur la fameuse dentelle, entre le majeur et l'annulaire de chaque main.

Les parents d'Adèle avaient pensé qu'après le voyage de noces des nouveaux époux, ils feraient monter les pierres en boucles d'oreilles… C'était une idée originale, mais la jeune fille n'était pas au courant du projet. L'ancien, c'était un sac offert par Amélia, la maman d'Arsène. Il avait la forme d'une bourse, était, lui aussi, en soie recouvert de dentelle et à la fermeture dorée était assorti un collier court mêlant des perles blanches et de toutes petites perles gris clair qui servait de lanière.

Pour compléter la tenue, de jolies chaussures perle, pratiquement plates, des collants très simples et un petit chapeau avec une voilette – un autre cadeau de Marine qui adorait les couvre-chefs de toutes sortes.

Adèle se regardait. Marine la rejoignit.

— Alors, ma chérie, toujours dans tes essayages ?

— Je me dis que tant qu'à faire, autant en profiter un peu chaque semaine. Une journée, c'est si vite passé…

— Tu as bien raison. Quand on s'est mariés, ton papa et moi, c'était dans l'urgence ; il ne fallait pas que tu prennes trop de place dans mon ventre et on a dû organiser cela en moins de trois mois… Heureusement qu'on a fait un mariage des plus intimes : juste quelques amis, nos parents et c'était tout. Pas de tralala, de grand buffet. C'était très simple et ça nous a tout à fait convenu, même si Amélia était un peu choquée. Tu sais, elle est très « vieille France » et elle aurait aimé quelque chose de plus important. Mais bon, Arsène a pu la raisonner : on fera chic, oui, distingué, aussi, mais inutile de rameuter la moitié de Paris… Et ça avait marché.

Marine souriait : elle se souvenait de leur mariage comme si c'était hier. Bien sûr les parents des mariés avaient invité les parrains, marraines, oncles et tantes, mais ils avaient laissé aux futurs époux le soin de faire pareil avec leurs amis proches. Elle s'était contentée de convier Simon, Agathe et Apolline. Elle n'avait pas jugé bon d'inviter Adam. Même si elle était très amoureuse de son futur mari, elle avait peur d'être troublée par la présence de l'ingé-son. Ils avaient tout de même connu une relation sans nuages jusqu'à ce que cette petite Nadège mette le grappin sur lui… Quant à Arsène, il avait demandé à David et deux autres Parisiens de se joindre à eux. Au final, ils étaient une petite trentaine. C'était bien suffisant : au moins, chacun pourrait se consacrer un peu aux invités. Cela n'aurait rien à voir avec ces mariages où on se croise sans se reconnaître…

Elle se rappelait les sourires de ses trois amis quand elle leur avait annoncé qu'Arsène et elle allaient devenir parents à peine six mois après la noce… Simon l'avait prise dans ses bras en lui plaquant un baiser sur chaque joue. Il était très rouge et ses yeux brillaient. Apolline avait été plus discrète, elle lui avait juste serré le bras en la félicitant pour la bonne nouvelle. Quant à Agathe… c'était la première à avoir été mise au courant. Marine lui avait juste demandé d'être la marraine de leur « petite crevette » et son amie était si émue qu'elles s'étaient retrouvées à pleurer toutes les deux dans les bras l'une de l'autre.

C'était des souvenirs émouvants. Presque plus que le mariage en lui-même.

Et puis, quand ils étaient rentrés de leur week-end à Rome, Arsène et elle, la vie avait repris. Elle avec ses cours et ses émissions radio, lui avec ses enregistrements pour Audible et Voxxx et ses contrats d'intermittent du spectacle. Adèle était née. Entretemps, Agathe et David avaient commencé de sortir ensemble. Et un bébé s'était très vite annoncé aussi. Ils ne s'étaient pas mariés. Le petit Nicolas et Adèle avaient été pratiquement élevés ensemble. Un peu plus d'un an les séparait.

Marine n'avait jamais oublié Adam. Ce qu'elle garderait toujours comme les plus beaux souvenirs, c'était les moments où ils se retrouvaient rien qu'à eux deux dans son petit appartement à elle. Les soirées dans le canapé, ou les nuits contre lui. Il y avait tant de tendresse entre eux. Elle avait appris à ne pas attendre qu'il lui livre ce qu'il pensait ou ressentait. Elle avait appris aussi à être plus discrète, moins emportée dans ses discours. Elle l'avait tellement aimé. Elle sentit les larmes lui monter aux yeux. Il fallait qu'elle renfonce tout cela : Adèle ne comprendrait pas.

C'était beaucoup de nostalgie, même si depuis toutes ces années, Arsène la comblait. Et puis, indirectement, c'était Adam qui... S'il ne s'était pas pointé un jour, excité de la découverte de ces enregistrements sur lesquels on entendait la voix d'Arsène, la suite des événements aurait peut-être été différente. C'était Adam et Simon qui avaient arrangé ce rendez-vous-surprise avec David, responsable d'un studio d'enregistrement parisien qui ne travaillait qu'avec des lecteurs. Et puis, tout s'était enchaîné : David avait recontacté la lectrice quelques mois après et c'est de cette manière qu'elle avait fait la connaissance d'Arsène. Ils avaient été pressentis pour enregistrer Parties *communes* d'Anne V. et les essais avaient été concluants...

Comme cela lui semblait loin. Au final, Adam et elle n'avaient plus eu de contacts. Cependant, elle avait suivi l'homme dans l'ombre durant toutes ses années. Elle était restée en relation avec Simon qui était devenu un ami de la famille et quand l'ingé-son s'était exilé à Londres avec femme et enfants...

Elle allait le revoir… Elle allait faire la connaissance de ses garçons. Adam lui avait même demandé si elle voyait un inconvénient à ce que la petite-fille d'une amie soit présente. De toute manière, ils étaient juste invités à la petite réception après la messe… Marine avait directement accepté. *Bien sûr, pas de soucis, elle est la bienvenue aussi !* Elle se disait, quant à elle, que cette demoiselle ne devait pas être très âgée. Elle calcula qu'elle avait sans doute moins de six ans. L'homme n'avait pas vraiment dit de qui il s'agissait et elle avait conclu que les grands-parents de cette « petite » devaient avoir son âge à lui…

Il restait quatre lundis et on serait déjà au mariage qui avait lieu un samedi…

9. Quand les projets
se concrétisent...

Le mois d'avril allait être chargé...

Pour ne pas être prise de court, Myrtille demanda à Austin de faire une liste des choses qui leur « arriveraient » en ce début de printemps. Elle ferait pareil de son côté.

La liste d'Austin :
1. Audition de piano : Brahms, Bach, Debussy et R. Spektor
2. Surprise pour toi
3. Concert de Vika
4. Enregistrement au studio où travaille papa

La liste de Myrtille :
1. Je vais à Londres en Eurostar...
2. Ton audition de piano
3. Concert de Vika
4. Enregistrement au studio où travaille Adam
5. Mariage

— Mais, remarqua Myrtille, tu ne vas pas au mariage, toi ?

— Ah si, j'avais oublié. Enfin, non, mais ce n'est pas dans mes priorités, j'avoue. Et puis, ce sont des gens qu'on ne connait pas.

— C'est vrai, mais...

— Mais quoi ?

— Ton papa ne t'a rien dit ?

— Il aurait dû me dire quelque chose de particulier ?

— Plutôt, oui. Tu sais qui se marie ?

— Oui, il m'a dit une Adèle et un Nicolas.

— Tu sais qui c'est ?

— Non… Je n'ai pas posé de questions : ça doit être des gens qu'il connait de par son boulot, alors…

— Eh bien non, monsieur…

— Non ? Parce que toi, par contre, tu es au courant ? Mais qui te l'aurait dit ?

— Mamou…

— Mamou ? Donc, rien à voir avec le boulot de papa ?

— Eh non !

Myrtille était contente d'en savoir un peu plus qu'Austin. En outre, la demoiselle qui se mariait était tout de même la fille de l'ancienne amoureuse d'Adam, elle-même l'héroïne des *Frissons* de Mamou. Cela, c'était la chose IMPORTANTE !

— Eh bien, je me rends compte que…

— Allez, ne râle pas. C'est quelqu'un qu'on connait, mais… sans connaitre.

— Je ne te suis pas… Qu'on connait ou qu'on ne connait pas ?

— …

— Mais comment je pourrais deviner, alors ?

— C'est quelqu'un qu'on connait de par un livre…

— Un personnage historique ? Une célébrité ?

Austin était vraiment perdu.

— Demande donc à ton père si tu peux voir l'invit' au mariage. Je suis certaine qu'il y a deux indices qui te mettront sur la voie, dit Myrtille en riant.

Le jeune homme revint avec l'enveloppe et le petit carton bleu pervenche qu'il tournait et retournait entre ses doigts...

— Je ne vois rien de spécial... Je dois chercher quoi ?

— Juste regarder... D'abord, la couleur... Ça ne te rappelle rien, ce bleu pervenche ?

— Je ne vois pas... À moins que...

Austin souriait à présent.

— Le livre, on ne l'aurait pas lu ensemble, petite coquine ?

— Hm hm...

— Et on y parlait de... rubans bleu pervenche... Et ça racontait l'histoire d'une Bleue, c'est ça ? Et c'était écrit par une Bleue aussi...

Il était songeur à présent.

— Tu te rappelles du vrai nom de la lectrice ?

— Mais oui... Marine...

— Et le prénom de la maman d'Adèle, c'est...

— Marine !

Mais oui, pourquoi cela n'avait-il pas tilté ? Ainsi, ils allaient faire la connaissance de la lectrice, celle dont Mamou avait imaginé les aventures avec le père d'Austin... Enfin, imaginé, ils ne savaient pas si c'était un peu ou beaucoup...

— Tu as déjà pensé à la tenue que tu allais porter ? demanda Austin à son amie.

— Bien sûr. Tu penses, avec Mamou, c'est ce dont on a parlé en premier lieu. Et j'aimerais que ce soit du bleu...

— Évidemment.

— Mais pas trop chic, juste joli.

— Je suis certain qu'avec Mamou comme conseillère, ça ne pourrait pas être raté. Et que cela t'ira forcément.

— On va faire du shopping le week-end prochain ! Et toi ?

— Oh, pour un mec, c'est plus facile : un pantalon classique, une chemise. Pas de cravate ni de nœud pap', je suis trop jeune et puis c'est plus trop la mode. Des chaussures classiques, une jolie veste et hop, le tour est joué.

— Tu sais que c'est la première fois qu'on fera une sortie... « en couple » ?

— Oui, je sais...

— On sera sages ?

— Mais oui, bien sûr. Enfin...

— ...

— Je pense qu'on se fera des câlins, tout de même. Si tu es d'accord, évidemment.

— Tu sais bien que je n'attends que ça...

— Je serai doux...

— Tes doigts seront magiques ?

— Oui...

— Ma langue aussi...

Sa langue ? Mais que voulait-elle dire au juste ? Elle allait lui chanter quelque chose ? Lui suçoter le lobe de l'oreille ? Encore une histoire de fille, sans doute...

— Bon, je dois y aller ! Quand j'ai choisi ma tenue, je t'envoie une photo et tu me diras ce que tu en penses ? OK ?

— D'accord. Moi, je retourne à mes notes...

On était mi-mars : avril arriverait vite.

***

— Dis, cachottière, Mamou m'a dit que vous alliez faire des achats le week-end prochain ? C'est en vue du petit séjour à Londres, si je ne m'abuse ?

Myrtille regarda sa maman en souriant d'un air rêveur. C'était vrai, sa grand-mère lui avait proposé d'aller au centre commercial tout proche. Mamou n'avait plus l'habitude de courir les boutiques pour jeunes et il valait mieux que Myrtille lui dise ce qu'elle aimait. La demoiselle était donc allée faire un petit repérage. Il y avait un ensemble jupe et haut dans les tons bleus, une robe toute simple bleue elle aussi et puis un pantalon clair qu'elle aurait assorti à une petite veste et un top bleu marine. Quoi qu'il en soit, elle porterait des ballerines : ça va avec tout, c'est confortable et pas trop cher…

C'était ce qui concernait la noce, mais elle devrait penser à une tenue pour un concert, une audition, l'enregistrement de la chanson de l'aïeule… C'était moins compliqué : un jeans et un joli haut, et le tour était joué. Elle ne savait pas où elle dormirait : sans doute pas dans la chambre d'Austin et encore moins dans son lit, ça, c'était certain. Il faudrait qu'elle prévoie un pyjama, mais elle en avait l'un ou l'autre fort joli qui conviendrait !

— Oui, tu as raison. C'est parce que tout va si vite, tu comprends ? On a fait une liste avec Austin, chacun de notre côté, avec tous les projets qu'on a pour avril….

— Et ?

— Et ? Eh bien, il y a pas mal de choses pareilles, si tu veux savoir !

Quand Myrtille était à ce point enjouée, Elisabeth savait que c'était bien engagé. Ce petit séjour à Londres, ce qui y était prévu, ensuite, le mariage à la fin des vacances. Adam et Mary iraient déposer Myrtille à la grande maison le samedi, après la réception, ils logeraient une nuit sur place et puis, ils repartiraient avec Austin et Duncan, reconduiraient la voiture qu'ils avaient louée à l'aéroport de Clermont-Ferrand et sauteraient dans un avion les reconduisant à Londres… Quelle épopée !

— Je préparerai ma valise dès dimanche. Et je la compléterai au fur et à mesure.

— C'est une bonne idée. Parce que le temps passe vite…

***

Mamou et Myrtille s'amusèrent beaucoup. La jeune fille envoya une photo de chacune des tenues qu'elle essayait à Austin et finalement, ce fut le pantalon clair, et la veste et le haut bleu marine qui furent retenus. L'aïeule, voulant que sa petite-fille soit parfaite, lui offrit un petit collier fantaisie doré avec des étoiles et des perles minuscules. Myrtille était aux anges.

Elles prirent le temps de discuter aussi des autres tenues que Myrtille emporterait. Dans la valise, en plus des habits de « grande occasion », il y aurait deux jeans, une jupe plutôt courte, des collants noirs opaques – que Myrtille ne porterait peut-être pas, cela dépendait du temps – et des hauts, et encore des hauts ! Et des baskets et des ballerines.

Un peu en cachette, la jeune fille ajouta un joli soutien-gorge. Elisabeth lui avait donné un peu d'argent en lui disant d'en faire bon usage. La demoiselle et Clémence avaient fait un petit tour dans un magasin de lingerie, et elles avaient craqué pour un petit soutien-gorge à balconnet noir, avec de la dentelle ainsi qu'une culotte assortie. Comme il restait des sous, elles s'étaient enhardies à prendre un string assorti au soutien-gorge. Myrtille serait mignonne…

***

— Donc, rappelle-moi un peu dans quel ordre on fait quoi ?

Ils étaient connectés sur Skype depuis quelques minutes, avaient commencé par se parler avec les doigts et ensuite, avaient allumé les webcams.

— D'abord, ce qui est le plus simple, c'est la fin : le mariage, c'est le 21, donc…

— Donc ?

— Papa m'a dit que c'était arrangé avec Papou et Mamou. Ce n'est pas trop loin de la « grande maison » alors, on va repasser par là avant de repartir à Londres et on te dépose. C'est la fin des vacances et je reprends les cours le lundi qui suit.

— OK ! Donc ? reprit Myrtille.

— On verra ce qui s'y passe…

— Ce qui s'y passe ? T'as prévu quelque chose ?

— Ben, je me dis qu'on se sent bien, à la « grande maison ». C'est là que, sous la tente… Tu te souviens ?

— On a échangé nos premiers baisers, oui, je me souviens. Comment je pourrais oublier une chose pareille ?

— Bon, donc, je me dis que… si on a envie d'aller plus loin que… juste…

— Oui, ça va, inutile de me faire un dessin…

— …

— Et puis, on ne serait ni chez toi ni chez moi. Juste chez Papou et Mamou. Et je pense que ce serait bien, oui.

— Tu vas en parler à ta grand-mère ?

— De ?

— De nos projets ?

— De TES projets, tu veux dire !

— Mais je suis certain que… tu en as envie autant que moi, non ? Allez, avoue…

— Je vais t'avouer autre chose, aussi…

— Ah ?

— J'en ai touché un mot à Mamou.

— Tu en avais déjà parlé avec elle ????

— T'es fâché ?

Myrtille s'était rembrunie d'un coup… Elle s'était peut-être trompée : peut-être qu'Austin était gêné, ou peut-être qu'il n'avait pas envie que l'aïeule soit au courant de leur vie intime…

— Non, juste étonné…

— …

— Je suppose que c'était plus simple pour toi ?

— Oui, voilà. Tu sais, Mamou, elle parle facilement de sexe. D'ailleurs, avec ce bouquin des *Frissons*, on s'en est rendu compte. Elle n'a pas sa langue en poche et je ne suis pas gênée avec elle parce qu'elle ne fait pas de chichis, elle est juste nature. Et ça, avec maman, ce n'est pas possible…

— Oui, je comprends. J'étais surpris, c'est tout…

— Mais pas… fâché ?

— Non, pas fâché… Mes parents, surtout mon père, il est pas très à causer de tout ça. Et demander des trucs à ma mère, ce n'est pas vraiment ça non plus… Ce n'est pas un homme !

— Tu veux que je te dise ce que Mamou m'a donné comme… « conseil » ?

— Je suis curieux, oui…

— Eh bien, elle m'a dit d'y aller lentement. Elle n'était pas choquée du tout de ce qui s'était passé la dernière fois…

— Parce que… tu lui as raconté… ça ?

— Pas tout, rassure-toi. Elle pensait même qu'on avait été plus loin…

— Mais oui, qu'on va y aller lentement…

— J'ai envie que ça se passe bientôt, mais…

— Effectivement, je pense qu'on a bien et assez patienté…

— Oui, mais si, comme le dit Mamou, on prend son temps « à ce moment-là », ça peut être… super pour tous les deux.

— Tu vas lui demander d'autres conseils ?

— Non… Je vais plutôt lui demander si elle n'a plus un exemplaire de ses *Frissons* chez elle !

Ça, c'est une excellente idée, se dit Austin. Il se souvenait de leurs premiers baisers, de leurs étreintes maladroites mais tellement agréables. Et puis, de ce qui s'était passé quelque temps auparavant, dans la chambre d'amis, chez les grands-parents de Myrtille.

Il espérait que celle-ci soit aussi impatiente que lui, parce que c'était bien joli d'y aller lentement, mais bon, un homme, ça reste tout de même un homme. Lui, il avait envie d'être contre elle, de lui faire apprécier ce désir qu'il avait d'elle. Il avait envie d'être en elle, serré, à l'intérieur d'elle… et se sentir grossir, l'investir, et puis… Il n'avait pas de mots pour parler de cela. Mamou le faisait bien mieux que lui, c'était certain. Il voulait y penser avec délicatesse, comme ce que racontait l'aïeule, mais il sentait bien que quand Myrtille et lui se retrouveraient, ce serait difficile de résister au désir. Il lui venait en tête des images de scènes qu'il était allé regarder sur le net. Il ne voulait pas être brusque. Il voulait la respecter. Il voulait l'aimer tendrement.

Il avait un peu perdu pied tandis que Myrtille continuait de babiller. Il l'interrompit :

— Dis, Myrtille ?

— Oui… Tu ne m'écoutais plus, hein ?

Il y eut un instant suspendu.

— Non, c'est vrai, je ne t'écoutais plus… Je pensais…

— À quoi ?

— À nous deux. À ce que j'aimerais qu'il se passe quand on sera dans la « grande maison » à la fin des vacances…

— Tu voudrais aller… loin ?

— On laisserait faire, mais oui, je voudrais que…

— Qu'on fasse l'amour…

Myrtille avait les yeux baissés. Elle n'osait pas regarder Austin. Elle avait peur d'avoir été trop loin… Et puis, très lentement, elle releva les yeux vers l'écran. Austin souriait. Son sourire était si large, d'ailleurs, qu'elle pouvait voir ses dents, et les coins de sa bouche étaient si relevés qu'on aurait dit qu'ils touchaient ses oreilles !

— Parce que mademoiselle est pudique, maintenant ?

— Tu es… d'accord ? demanda timidement Myrtille.

— Bien sûr, je ne pense qu'à ça.

La jeune fille s'imaginait contre lui. Comment cela allait-il démarrer ? Allait-elle être à la hauteur ? Est-ce que ça ferait mal ? Dans les *Frissons*, Marine, elle n'est plus vierge quand elle fait l'amour à Adam pour la première fois. C'est même elle qui initie le jeune homme. Mais ici, l'un comme l'autre était inexpérimenté… Alors ?

— Tu vas aller mater des vidéos sur le net ? lui lança-t-elle, frondeuse.

— Oui, mais pas trop. Je préfère lire des trucs. Sur des forums.

— Et moi, je ferai pareil. Tu sais, la dernière fois, ça m'a un peu embêtée de ne pas savoir comment me caresser…

— Tu dois essayer toute seule. Il y a bien un moment où tu trouveras comment te donner du plaisir. Et puis, quand on se retrouvera, tu sauras te faire plaisir…

— C'est comme ça que tu as fait, toi ?

— Ben, ouais…

Elle se rappelait l'éjaculation d'Austin sur son ventre. Et le fait que Mamou lui ait demandé s'il s'était répandu sur son ventre à elle…

— Eh oh !!!

— Oui, sorry, je repensais à quelque chose que Mamou m'a dit…

— Dis-moi.

— Ça concernait… quand un homme jouit… tu vois ?

— Quand il s'est masturbé ?

— Oui, voilà.

— Elle m'a demandé si tu avais joui sur mon ventre… Et puis, elle m'a dit qu'avec tes doigts magiques et ma bouche pareille, on saurait certainement se donner beaucoup de plaisir l'un à l'autre… Tu vois de quoi il s'agit ?

Bien sûr qu'il voyait… Elle était fine, Mamou. Et hardie, aussi. Il faudrait que Myrtille se décoince un peu et qu'elle pense juste à son plaisir à elle. Il ferait pareil : il penserait à son plaisir à elle. Sauf que ce qu'il ne savait pas, c'est que l'aïeule avait parlé de plaisir que l'un donne à l'autre en lui disant que c'était ça, le top, que quand on se donne du plaisir et que c'est bien réparti, cela ne peut que bien se passer…

— Bon, on va s'arrêter là parce que… je nous imagine et… ça me met dans tous mes états, si tu vois ce que je veux dire…

De commun accord, ils se dirent bonsoir et coupèrent leur connexion.

Myrtille se retrouva les bras ballants. Elle sentait son cœur battre dans sa bouche, elle avait le souffle court aussi. Elle passa ses doigts contre son bas-ventre, par-dessus sa culotte et, pour la première fois, eut vraiment envie de se caresser.

Elle imagina les doigts d'Austin contre sa fente. Il l'écartait, très délicatement. Il lui murmurait qu'elle était adorable, qu'elle sentait bon, qu'il avait envie d'aller jusqu'au bout du bout. Elle insista un peu, écartant ses nymphes à la recherche de... quoi, au juste ? Sur internet, on faisait allusion à un bouton, ou à un petit pois. Elle ne savait pas ce qu'elle devait trouver ni sentir... D'une main, elle avait écarté ses lèvres, de l'autre, très délicatement, elle cherchait ce fameux petit renflement. Elle avait les mains entières dans la culotte. Finalement, elle décida que ce serait plus simple si elle l'ôtait. Elle pourrait davantage écarter les jambes et sans doute trouverait-elle plus facilement...

Et puis, il y eut comme un petit vent frais et puis de la chaleur. À l'intérieur d'elle. Qui partait de son sexe et se dirigeait vers son ventre et ses seins. Elle respirait plus vite encore. Cela chatouillait à l'intérieur d'elle : c'était léger et délicieux. Et puis, elle eut l'impression que la chambre tournait autour d'elle. Sa main était de plus en plus mouillée. Elle se souvenait de cette fois où elle s'était frottée à la cuisse d'Austin. C'était pareil. Elle continua plus vite mais pas plus fort. Combien c'était bon... Encore... Encore...

— Encore... encore...

Cela ne s'arrêtait plus. Elle aurait mis sa main devant sa bouche si elle n'était pas aussi occupée à se donner du plaisir. Elle avait envie de crier « Austin », mais il ne fallait pas déborder... pas si elle n'était pas seule à la maison. Et c'était le cas : papa et maman étaient au rez-de-chaussée et Marin était dans sa chambre, au bout du couloir.

Et puis, son corps se détendit. Elle reprit pied. Elle voulait mettre Austin au courant de ce qui venait de se passer… Un SMS, c'était un peu compromettant. Mais s'il n'était plus face à son ordi… Elle allait lui envoyer un message, mais lui dire qu'un mot l'attendait sur Skype…

Re. Je t'envoie un message par Skype… À vite. Je t'embrasse.

Austin se reconnecta aussitôt. Cela arriva quelques minutes plus tard…

J'ai trouvé… « l'endroit ». Et c'était délicieux. Je te montrerai. Je suis… sur un petit nuage. Et heureuse, si tu savais. Et surtout, rassurée… Je t'aime.

« L'endroit » ? Il fallait qu'il éclaircisse les mots de Myrtille, mais comme elle semblait contente !

Il ne répondit à Myrtille que :

Cool… Je t'embrasse aussi et je te souhaite bonne nuit.

Chacun des amoureux passa une nuit excellente. Austin se caressa un peu sous la couette. Il pensait à Myrtille, à ses regards coquins, à ses yeux rieurs, à sa jolie bouche… Il descendit mentalement : ses seins, son ventre… Il imaginait sa petite toison, courte, certainement. Il y avait ses cuisses aussi, et ses jolis petits mollets dont il gardait un souvenir « hâlé ». Oui, elle était vraiment à croquer, sa Myrtille.

Il songea qu'il n'avait pas encore mené son projet à terme. Il fallait qu'il se bouge… Il n'avait plus eu de nouvelles de Mamou à qui il avait demandé de l'aide. Sans doute devrait-il lui en reparler. Elle avait peut-être oublié ou alors, elle attendait qu'il se manifeste… Il allait lui écrire dès demain.

10. Londres

Premières étreintes

Enfin ! Comme le temps leur avait paru long à Austin et Myrtille…

Elle débarqua donc à Londres le premier vendredi des vacances. Elle avait refait sa valise deux fois chaque jour, tenant compte des conseils de Mamou et d'Elisabeth. Elle était pimpante dans son perfecto noir, son jeans, son haut fuchsia et ses petites baskets de la même couleur. Elle portait une besace noire et son bagage avait l'air bien rempli. Heureusement, il y avait des roulettes dessous…

Quand elle aperçut Austin, sur le quai de la gare, elle laissa sa valise en plan et se précipita dans ses bras. Ils s'étreignirent deux longues minutes.

— Comme je suis heureux de te retrouver… Ça a été, le voyage ?

— Évidemment ! Viens, on va rechercher ma valise, dit-elle en se retournant pour jeter un coup d'œil derrière elle.

La valise était au milieu du quai, elle gênait les autres passagers. Ils allèrent la récupérer et c'est Austin qui la tira jusqu'à la voiture d'Adam…

— Alors, prête pour le grand saut ?

— Ouiiii, lui répondit-elle, les yeux malicieux.

— Donc, il y a un week-end peinard à la maison puis, dimanche soir, c'est le concert de Vika, mercredi, mon audition, jeudi, on enregistre et samedi, c'est le mariage…

— Tu n'aurais pas oublié quelque chose ?

— Quoi ? Le… shopping ? On n'aura pas le temps, tu sais… Je dois encore un peu bosser pour l'enregistrement, en fait.

— Ah…

Myrtille avait une mine un peu déçue.

— C'est sûr, ça ?

— Mais oui, c'est sûr. Pour le shopping, on n'aura pas le temps, mais…

— Mais ?

— Il y avait autre chose de prévu, il me semble et pour ça, sûr qu'on le trouvera, le temps…

— Oh !

— Le « grand mélange », tu n'as pas oublié, tout de même ?

Austin était inquiet. Myrtille n'avait pas cillé. Son visage était resté imperturbable.

Elle prit la main de son ami, celle qui ne tenait pas la valise et déposa un gentil baiser sur ses doigts. Elle était heureuse. Elle le regardait avec des yeux pleins d'étoiles. Elle aimait le taquiner en lui faisant croire qu'elle ne savait pas de quoi il parlait… Elle tint sa langue à ce sujet. De toute manière, il y avait quelques kilomètres à faire en voiture pour regagner le cottage où les Bertin habitaient. Il n'était pas de mise d'avoir ce genre de conversation en présence d'Adam qui était venu la chercher à la gare.

Austin et Myrtille se donnèrent donc la main durant tout le trajet. De temps en temps, ils échangeaient quelques mots, ou des petits baisers du bout des lèvres. C'était charmant. Parfois, Adam leur jetait un coup d'œil dans son rétroviseur. Les ados l'émouvaient. Il se souvenait des premiers moments avec Mary. Leur complicité. Leurs regards. Tout ce qu'ils ne disaient pas, mais dont ils étaient conscients… Il était troublé, mais se garda bien de faire quoi que ce soit comme commentaire.

Myrtille fut accueillie chaleureusement par Mary qui demanda à Austin de conduire son amie à la chambre qui avait été préparée pour elle. Elle dormirait dans un petit bureau-bibliothèque qui avait visiblement servi de studio auparavant. Elle sourit en y entrant. Oui, elle serait bien, là. Et tant pis si jusqu'à la fin de la semaine, il n'était pas de mise que le jeune homme et elle partagent la même chambre. Ils se retrouveraient pour passer des moments rien qu'à deux, c'était certain. Et puis, il y avait ce fameux grand mélange prévu pour le week-end suivant. Et celui-ci n'aurait pas lieu à Londres, du moins, c'est de cette manière que les amoureux avaient imaginé la chose.

On était vendredi soir. Après le souper, ils passèrent du temps à se parler. Ils étaient contents de se retrouver. Austin parla de ses cours, Myrtille raconta ses dernières conversations avec Mamou. Ils sentaient poindre l'impatience au creux de leur ventre. Et c'est un peu excités qu'ils se couchèrent chacun dans leur lit.

Myrtille s'endormit en rêvant de la « grande maison ». Elle y jouait à cache-cache dans les chambres de l'aile réservée aux ados. Elle devait retrouver Austin et chaque fois qu'elle ouvrait une porte, elle tombait sur Marin, son jumeau à elle ou sur Duncan, le jeune frère de son amoureux… Elle avait beau chercher le garçon partout, impossible de le trouver… Finalement, elle décida de se coucher tout habillée sur le lit de celui-ci, elle finit par s'endormir. Et c'est l'ado qui la réveilla en l'embrassant gentiment dans le cou, sous l'oreille… Elle sentait ses cheveux lui chatouiller le nez.

C'est pour cette raison qu'elle ouvrit les yeux. On était le matin. Austin était juste à côté d'elle dans le lit d'une personne, collé tout contre. Il lui déposait des petits baisers sur le visage.

— Bien dormi ?

— Comme une masse… Je rêvais de la « grande maison »… et toi ?

— Moi, je pensais plutôt aux endroits où j'allais t'emmener aujourd'hui…

— Ah ? Mais je pensais qu'on restait peinards ici…

— Oh, moi je disais ça comme ça… Si tu veux qu'on fasse ça…

Il la regardait en riant…

— Pourquoi, ce n'est pas ce qui était prévu ? questionna Myrtille.

— Oui, mais…. Non… Enfin…

— Tu voulais me faire une surprise ?

— Oui, t'es pas heureuse ? répondit Austin. Tu te lèves ?

— Pas avant que j'aie pu un peu te sentir plus près encore…

— Oh, mademoiselle est d'humeur légère, ce matin, on dirait…

— …

— Tiens, mets ta main là…

Il avait attrapé la main de Myrtille et l'avait posée sur son ventre à lui. La jeune fille fit remonter ses doigts jusqu'à ses tétons, redescendit, allers, retours… Qu'est-ce qu'Austin attendait d'elle ?

— Un peu plus bas, peut-être ? lui suggéra-t-il.

— Rhooo, coquin… Je fais quoi, maintenant ?

— Juste ta main : tu me frottes là.

Austin avait rejeté la tête en arrière. Il respirait de plus en plus fort et de plus en plus vite.

— Pas trop fort, légèrement… Hmmmm, c'est bon… Surtout, t'arrête pas…

Myrtille s'appliquait. Elle sentait le sexe du jeune homme devenir plus raide. Ses doigts étaient toujours au-dessus du boxer, mais la dureté était manifeste.

— Oui, continue…

Le souffle d'Austin était de plus en plus précipité… C'est avec une voix étranglée qu'il lui demanda si elle en voulait aussi, qu'il la caresserait jusqu'à ce qu'elle soit aussi excitée que lui… Ce à quoi Myrtille répondit que oui, mais qu'elle n'allait pas le laisser dans cet état et qu'on s'occuperait d'elle quand il aurait joui, lui…

— Attention, dit-il, en faisant s'éloigner un peu Myrtille de lui.

Il avait écarté le boxer de son bas-ventre et son sexe avait jailli, dur, décalotté. Il le prit entre ses doigts et… il y eut des petits spasmes, les contractions de son ventre et du liquide blanc gicla… Il soupira, les paupières toujours closes puis, ouvrit les yeux et, regardant Myrtille, il lui dit :

— À ton tour, maintenant ?

Myrtille n'était pas encore habituée à ce genre de choses… Elle acquiesça.

— Je te montre « l'endroit » ? demanda-t-elle

Alors, c'était de cela qu'elle lui avait parlé dans son mot sur Skype… Il comprenait à présent : son trouble à elle, son discours un peu haché, le fait que ses phrases soient courtes et qu'elle semble aussi heureuse…

Gentiment, elle lui prit la main puis, se ravisant.

— Tu veux sentir ou plutôt regarder ?

— Je préfère sentir, si tu es d'accord.

— Avec tes doigts magiques ?

— Ouais, voilà, avec mes doigts… Tu me guides ?

— Tu permets ?

— Quoi ?

— Que je retire… ce qui pourrait nous gêner…

Quand ce fut fait, la jeune fille reprit les doigts de son ami et avec mille précautions les conduisit contre son sexe à elle. Elle lui demanda de lui écarter les lèvres, de placer un de ses doigts dans le petit creux les séparant et ensuite, de remonter très lentement. Il fallait qu'il répète la manœuvre jusqu'à ce qu'il trouve le fameux endroit. Cela ne tarderait sans doute pas. Il devait juste y aller délicatement et quand il y serait, il s'en rendrait compte parce qu'il la sentirait changer…

Ses doigts étaient doux, tendres. Au début, cela ne lui fit pas beaucoup d'effet. Et puis, à l'intérieur de son ventre, cela commença de se réveiller. Elle frissonnait un peu et son souffle s'accéléra. Austin continua de la caresser. Il lui disait des petits mots tendres dans l'oreille, de ces projets qu'ils avaient pour leur nuit dans la grande maison dans une semaine. Comment allait-il attendre jusqu'à ce moment sans lui sauter dessus : il avait tellement envie d'elle.

Et c'est cela qui déclencha vraiment les choses pour Myrtille. Elle savourait les caresses d'Austin, oui, mais ses mots aussi, les bruits mouillés qu'il faisait en chuchotant. Elle ne disait rien, mais combien cela l'excitait.

— Surtout, ne t'arrête pas… C'est délicieux… Continue… Oui, oui…

Ses « oui » étouffés étaient autant des invitations à ce que le jeune homme la masturbe jusqu'à la jouissance que des exhortations à ce qu'elle lâche prise, elle. Elle haletait.

Elle demanda à Austin de l'embrasser… Elle se sentait liquide et sans force.

— Chut, se sentit obligé de lui dire son amoureux.

C'était si difficile d'être discrète. Elle était tellement excitée. Et son ami, même s'il avait joui fort une première fois, avait conscience que le plaisir revenait. Il avait à nouveau une érection et…

— Tu penses qu'on pourrait… en même temps… tous les deux ? osa Myrtille, essoufflée.

— Ça ne va pas tarder, pour moi.

— Pour moi non plus, d'ailleurs…

Elle étouffa un petit gémissement et puis murmura que c'était bon, que ce plaisir, il la remplissait, qu'elle adorait ça et que quand il retirerait ses doigts « de là », ils seraient très mouillés…

Elle venait de jouir et lui, il avait à nouveau empoigné son membre pour le caresser plus fébrilement encore. Le sperme d'Austin lui inonda le ventre. C'était doux et chaud. Il n'avait pas dit un mot, juste des « hmmm ».

Ils se regardèrent… heureux. Comblés. Ils étaient certains que leur nuit dans la grande maison serait parfaite…

— Oh, les amoureux ! On déjeune… Vous émergez ?

S'ils savaient, Adam et Mary, comment Austin et Myrtille venaient d'occuper la dernière demi-heure…

Les premiers étaient déjà à table quand les ados les rejoignirent.

— Bien dormi ? demanda Mary.

— Je dois vous conduire quelque part ? poursuivit Adam. Il faut que je passe au studio ce matin.

Austin expliqua qu'ils iraient faire un tour à Londres parce que Myrtille rêvait d'y faire du shopping.

— Du lèche-vitrine, précisa la jeune fille.

Limite, c'était aussi agréable que de dépenser des sous pour des futilités !

— Et vous comptez aller où ? interrogea Mary.

— Regent Street... mais pas que...

— Je vous y emmènerai. On se met en route d'ici quarante-cinq minutes. Soyez prêts.

Shopping

Myrtille s'amusa follement. Tout l'intéressait : les vitrines des magasins de luxe, le *store* de Disney, celui de Warner Bros, Hamley's, ce fameux magasin de jouets sur quatre étages, Virgin aussi...

Ils allèrent dîner chez Garfunkel. Austin lui conseilla un hamburger Big Ben, mais quand elle vit la taille de ce dernier dans l'assiette d'un de leurs voisins, elle lui dit qu'elle se contenterait amplement de quelque chose de moins gros et prit une pomme de terre garnie de fromage chaud et de lardons avec une petite salade.

Et puis, ce qui plut beaucoup à l'adolescente, ce fut leur passage dans le quartier Soho. Austin connaissait comme sa poche les magasins de vinyles. Il y en avait pour tous les goûts : du classique, du jazz surtout, mais aussi de la pop et du rock.

Il lui montra des tas de choses : Myrtille en prit plein les yeux et c'est bien fatigués qu'ils reprirent le métro pour rejoindre les Olympic Studios où travaillait Adam. Celui-ci vint les récupérer à Vauxhall Park ; cela leur éviterait d'avoir à faire un trop long trajet en transports en commun et d'attendre une correspondance. Juste une vingtaine de minutes au lieu d'une heure. Cela s'arrangea bien puisqu'Adam avait été retenu plus longtemps que prévu.

— Alors, cette escapade londonienne ? demanda-t-il aux jeunes gens qui prenaient place à l'arrière de la voiture familiale comme le jour précédent.

— C'était super ! s'exclama Myrtille, les joues rouges.

— On est allés chez Garfunkel et aussi voir les magasins de vinyles, ajouta Austin.

— On s'est bien amusés ! Heureusement que demain, on ne bouge pas parce que je suis morte !

C'était vrai, le lendemain, il n'y avait que le concert de Vika au programme. Il aurait lieu dans l'enceinte du Royal Academy of Music. Ils avaient là une superbe salle de concert. On aurait pu penser qu'une artiste telle que la pianiste aurait joué dans des endroits destinés à la pop ou au rock puisque c'était ce style de musique qui était à son répertoire. Pourtant, comme son approche de l'instrument était plutôt classique, un Steinway donnait à son travail toute sa sensibilité.

Vika

Austin s'était déjà rendu dans l'endroit pour assister à des concerts des élèves ou des professeurs de l'école. Le concert de Vika ouvrait les réjouissances au niveau de la semaine d'auditions. Chaque jour, c'était un autre instrument qui était à l'honneur. Pour les pianistes, l'audition était prévue le mercredi, seulement. Le jeune homme, connaissant les lieux, expliquait tout un tas de choses à Myrtille : depuis quand le « théâtre » existait, qui s'était déjà produit sur la scène… Il lui proposa même d'aller lui montrer le foyer ainsi que la loge royale !

On était donc dimanche en début de soirée… C'est en famille que les Bertin et Myrtille se rendirent au concert. Duncan avait tellement entendu parler de la pianiste qu'il était curieux de voir comment elle s'y prenait en vrai. Il avait été voir des vidéos sur le net et il ne comprenait pas comme une « petite dame comme ça » était capable de faire sortir tout ça d'un piano. Il y avait des notes, des notes et encore des notes. Et de la force aussi… C'était étonnant parce que Vika était frêle. Ses mains, par contre, étaient puissantes. Elle avait un air décidé aussi. Bref, un vrai personnage.

Donc, le jeune frère d'Austin, curieux, avait décidé d'accompagner ses parents et les amoureux. Il avait fallu ajouter une place aux quatre autres réservées des mois auparavant et heureusement qu'Austin avait « de bonnes relations », sans quoi, soit Duncan n'aurait pu assister au concert, soit ç'aurait été Mary qui se serait privée pour lui refiler la sienne… Le pianiste en herbe s'était même arrangé avec d'autres pour échanger des places afin que la famille et Myrtille soient ensemble…

Quand tout le monde fut installé, il fallut encore attendre une demi-heure avant que l'artiste entre en scène. Il n'y avait pas à proprement parler de programme : les spectateurs avaient simplement reçu une liste d'une vingtaine de titres de reprises. Il était juste indiqué en titre : *covers, what else ?* Sans doute Vika choisirait-elle ce qu'elle interpréterait au fur et à mesure… Pourquoi pas, dans le fond ? C'était original et puis cela lui permettrait d'adapter son set en fonction de l'ambiance de la salle.

Dans la setlist, donc, il y avait des chansons des Beatles, de Queen, de Nirvana, d'autres géants encore… Et cela s'enchaîna sans discontinuer. Duncan regardait la pianiste de tous ses yeux. Il n'en revenait pas qu'une petite bonne femme aussi chétive puisse faire « autant de bruit » ! Il y eut une pause. Austin en profita pour présenter Myrtille à sa professeure de piano qui était venue assister au concert elle aussi. Quand ils retournèrent s'asseoir, Adam fit signe à Austin que Mary et lui avaient croisé Miss Bee et qu'ils iraient prendre un verre ensemble sitôt le concert terminé.

La seconde partie fut tout aussi flamboyante. Duncan battait des mains à tout rompre. Tout ce qu'il avait entendu l'avait énormément emballé.

— Moi aussi, P'pa, je veux jouer comme ça…

— Mais enfin, l'interrompit Mary, ça ne s'improvise pas, de jouer comme ça…

— Ce sont des heures et des heures de travail, surenchérit Austin en pensant à tous ces moments de répétitions qu'il avait déjà passés devant un clavier.

Il ne savait même pas si un jour, il aurait un tel niveau… Elle devait avoir étudié le piano dès son plus jeune âge. Le répertoire classique aussi. Il demanderait à Duncan : il était presque sûr que son petit frère avait fait des recherches sérieuses au sujet de la concertiste.

Myrtille, même si elle était plus discrète que le garçon, avait apprécié aussi. Ce qu'elle avait aimé, c'était la classe et la grâce de l'artiste. Et puis, elle avait reconnu plusieurs des morceaux qui avaient été exécutés ce soir-là et c'était comme un avant-goût à l'audition d'Austin. Elle avait croisé la professeure de son ami et elle était certaine que le moment avec Miss Bee, après le concert, serait très chouette. Austin lui avait parlé de cette professeure qui avait été contactée par Adam à peine trois ans avant. Pianiste de studio mais ayant fait ses études à la Royal Academy… Comme Nico, son coach vocal… Le monde était vraiment petit. Elle oserait peut-être lui demander s'ils se connaissaient : ils devaient avoir à peu près le même âge à l'après de deux ou trois ans.

— Oh, Bee !

C'était la voix de Mary, remplie de sourires. Les deux femmes parlaient très vite en anglais. Myrtille ne comprenait pas tout. Tant pis, elle demanderait à Austin de quoi il avait été question dans la conversation entre sa mère et son ancienne professeure.

— Mary. Contente de te revoir. Tu vas bien ?

— Mais oui. Qu'as-tu pensé de cette pianiste ?

— Du très haut niveau… Vraiment… Comment va Austin ? C'est pas Adam qui me donne de ses nouvelles, tu sais ! Tout se passe bien au niveau de ses cours ?

— Eh bien, il ne nous raconte pas beaucoup, mais il fait des progrès.

— Je serai heureuse de l'entendre mercredi. C'est bien mercredi, son audition ?

— Oui oui. Chouette que tu sois là !

— Il présente quoi ?

— Eh bien, je ne sais pas trop…

— Oh ?

— Il joue beaucoup et de tout. Alors, au niveau de son programme d'école…

Mary se dit qu'elle aurait pu tout de même être au courant, mais bon… Elle savait qu'il y avait une pièce à 4 mains, celle qu'il avait présentée avec Mamou au concert de Noël, et aussi ce morceau de Bach que tout le monde joue. Ensuite, un truc romantique, du Brahms, d'après ce qu'elle avait retenu… Pour le reste… Elle se mordait les lèvres. Miss Bee la voyait bien ennuyée…

— Mais il avance ? demanda-t-elle un peu inquiète.

— Oui, je pense que oui. Cela devient plus souple, plus puissant aussi. Il a cours avec une excellente professeure. Quelqu'un de très exigeant. Et…

Mary hésitait : serait-il opportun de parler de Mamou qui lui avait prodigué conseils et encouragements ?

— Et ? reprit Miss Bee.

— Il lui arrive de travailler avec quelqu'un d'autre aussi.

— Oh ? Quelqu'un que je connais ?

— Non. Une amie de notre famille. D'Adam, devrais-je dire. D'ailleurs, tu vois la jeune fille qui tient la main d'Austin et qui le regarde amoureusement ? Eh bien, c'est sa petite-fille…

— Ahhhh, la chanteuse…

— La chanteuse ?

— Oui, c'est la demoiselle avec qui il a travaillé aux grandes vacances passées ?

— Oui, c'est ça. Mais, dis, tu me sembles bien au courant de ce qui se passe dans sa vie, on dirait.

— Je connais les motivations de ton fils, oui. Ce n'était pas difficile de comprendre son engouement soudain pour le piano et tous les efforts que je le sentais prêt à faire pour y arriver : présenter cette audition d'admission avec à peine deux mois de travail et surtout privilégier le répertoire pop…

Mary et Miss Bee se regardaient en souriant…

— Mais tu m'as parlé de la grand-mère de cette jeune fille… Elle et Adam sont… amis ?

— Oh, c'est une longue histoire, tu sais. Ça date d'il y a très longtemps. C'était avant qu'on se rencontre lui et moi, au temps où il était encore à l'école…

— …

— Bon, eh bien, là-dessus, tu viens boire quelque chose avec nous ?

Elles se sourirent et c'est bras dessus bras dessous qu'elles se dirigèrent vers le foyer. On y servait des jus de fruits, des eaux, du vin, du café et du thé. Austin, Duncan et Myrtille étaient déjà dans la place. Adam arriva avec la professeure de piano de son fils. Il était tout sourire et tout le monde se demandait bien ce qu'ils s'étaient raconté, la pianiste et lui…

— Buvons à la musique et spécialement à ce concert et à l'audition d'Austin mercredi…

Tout le monde leva son verre. La soirée était à la fête.

Heureusement, le lendemain, on n'était pas obligé de se lever tôt : c'était toujours les vacances. Austin avait un cours prévu l'après-midi. Myrtille l'accompagnerait mais n'assisterait pas au cours… Ils avaient envie de passer un maximum de temps ensemble.

Ils se couchèrent tard après s'être embrassés très gentiment. Il fallait que le garçon soit en forme dès le réveil…

11. Journées de musique

Dernier cours

— Alors, Austin, tu as prévu quoi pour vous aujourd'hui ?

— J'ai un cours cet après-midi et je me disais qu'on en profiterait avec Myrtille pour bosser un peu dans une des salles de répétition de l'école….

— Pour l'enregistrement de jeudi ?

— Oui, c'est ça…

— C'est une bonne idée, ça.

— Comme ça, on ne vous casse pas les oreilles ici…

— Oui oui, j'avais compris !

Ce que Mary avait compris aussi, c'est que les amoureux tâchaient de profiter au maximum du séjour de Myrtille à Londres…

— Vous vous mettrez en route à quelle heure ? Vous mangez ici ?

— Il y a un petit snack en face de l'école. On va prendre quelque chose là et puis, j'irai au cours pendant que Myrtille se trouvera un endroit pour bouquiner. Et puis, on se rejoindra. On sera de retour entre dix-sept et dix-huit heures. Ça va, ça ?

— C'est parfait.

Sitôt le déjeuner avalé et la douche prise, ils se mirent en route. Biggin Hill était situé à l'est du Kent, dans la campagne. Ce n'était qu'à une bonne trentaine de kilomètres de Londres, mais avec le trafic, il fallait toujours prévoir une bonne heure de trajet. Voilà pourquoi Adam emmenait toute la famille le matin : il déposait les garçons soit à l'entrée de leur école, soit à une station de métro d'où ils se rendaient à leurs cours ; Mary allait tantôt avec Duncan – elle enseignait au même endroit –, tantôt à la bibliothèque… Il était rare que l'un ou l'autre se déplace en transports en commun. Et pourtant, c'était ce moyen qu'Austin avait choisi. Ils devaient prendre d'abord un bus, ensuite un train. C'était une véritable expédition. Le trajet durait une heure. Cela permit à Myrtille d'admirer les paysages du Kent : le printemps réveillait les campagnes, les arbres, les champs… Toute la nature était verte, d'un vert intense.

Ils arrivèrent à destination un peu avant midi. Ils avaient le temps d'aller manger un bout dans ce snack dont Austin avait parlé et ensuite, vers treize heures, le pianiste irait se « chauffer les doigts » dans une des salles de répétition. Comme c'était les vacances, il y en avait pas mal de libres. Myrtille y resterait pour lire pendant le cours d'Austin et ensuite, il la rejoindrait pour travailler *Comme si*. Tout s'emmanchait bien, apparemment.

Fish and chips : cela s'imposait puisque c'était quelque chose que la jeune fille n'avait jamais goûté. Ils se régalèrent et comme il était pratiquement l'heure, Austin et Myrtille quittèrent l'endroit où ils avaient si bien dîné et se rendirent au Junior College, main dans la main.

Les salles de cours étaient au premier étage. Par contre, les locaux de répétitions se situaient dans un autre bâtiment. Myrtille regretta un peu de ne pouvoir assister à la leçon d'Austin, ni même de pouvoir rester derrière la porte pour entendre comment cela se passait… Tant pis. Elle avait pris la liseuse que Mamou lui avait confiée et sur laquelle se trouvaient les *Frissons Nocturnes* de l'aïeule.

Elle avait dans l'idée de relire le chapitre « Initiation savoureuse ». C'était le premier épisode sexe de l'histoire, celui qu'Austin préférait.

Tandis que ce dernier faisait des gammes et des arpèges et rejouait lentement la fugue de Bach, elle s'installa près de la fenêtre de la petite pièce. Il n'y avait pas beaucoup de place. Ce n'était pas à proprement parler une « salle », plutôt un petit box.

— Tu pourras aller ailleurs après, lui dit Austin. Dans un endroit plus grand avec un vrai petit fauteuil. Ça te plairait ?

— Pendant ton cours, tu veux dire ?

— Oui…

Myrtille le regardait en souriant.

— Et pourquoi pas tout de suite ?

— Parce que le piano, là, il est pas top… Et celui-ci, il a le même toucher que celui du cours. Tu comprends ?

Ben non, elle n'y comprenait pas grand-chose…

— Et quand ton cours sera fini… ?

— Oui, on restera là. Ce sera juste pour travailler ensemble sur *Comme si*. Davantage une question de s'accorder, de sentir les intentions de l'autre…

— Je vais te dire, moi…, fit la jeune fille en le scrutant intensément.

— Oui ?

— Moi, mes intentions, elles sont très claires !

— Je n'en doute pas… Les miennes, pareil, mais il faut qu'on se concentre sur la musique aujourd'hui, rien que la musique…

Ils se regardaient à nouveau. Austin voyait la petite mine un peu dépitée de Myrtille, mais il fallait tenir bon. Elle allait comprendre, c'était certain : il y avait son audition mercredi et puis l'enregistrement jeudi. Tout devait être parfait.

À la petite lueur qui pointait dans les yeux de la jeune fille, il se rendit compte qu'il avait son accord, qu'elle ne lui demanderait plus rien et qu'elle ne le distrairait pas. Qu'elle avait compris.

Lentement, il commença par les gammes de Do majeur, Sol majeur et Fa majeur. Il accélérait, passant aux arpèges, les renversait… Il allait toujours plus vite. Myrtille avait levé les yeux de sa liseuse. Mais il allait mettre le feu au clavier, à jouer aussi rapidement. Elle avait lâché sa lecture. Il entreprit de jouer la fugue de Bach. Ils avaient convenu avec sa professeure de jouer celle-ci en premier lieu, pour l'audition. Il fallait que ce soit vraiment au point, sinon, les auditeurs ne seraient pas encouragés à écouter la suite.

Prélude à la manière de « ce vieux Glenn » et ensuite la fugue. Cela avait drôlement plus d'allure que ce que Myrtille avait entendu aux vacances de Noël, quand il l'avait travaillée un peu avec Mamou. À présent, on entendait le petit motif du début plusieurs fois, comme si Austin le faisait ressortir exprès.

— Wahouuu…. Mais c'est super, ce truc. C'est quoi ? lâcha Myrtille, les yeux écarquillés.

— C'est une fugue de Bach. Ça t'en bouche un coin, hein !

— Je n'ai jamais rien entendu de pareil. Tu me diras comment ça marche ?

— Mais ça ne marche pas, ma p'tite demoiselle, ça joue !

— Allez, arrête de me vanner. Tu vois bien ce que je voulais dire. Quand tu joues plus fort cette petite mélodie, là, et puis qu'on l'entend encore et encore…

— Le truc, tu vois, ce n'est pas qu'une question de jouer plus fort…

— Ah ?

— Pour que tu la reconnaisses, je dois aussi retrouver la même manière de l'exécuter. Les notes un peu plus appuyées, et puis celles qui sont plus courtes… Tu vois ?

Il replaça les mains sur le clavier et joua le fameux sujet de la fugue sans aucun phrasé.

— Tu vois ? De cette manière, ce n'est pas certain que tu l'aurais repéré…

— Je comprends mieux… Mais c'est dur, de faire ça ?

— Effectivement… C'est un travail de longue haleine et surtout très précis. Je te joue autre chose ?

— Avec plaisir…

Il prit l'intermezzo de Brahms au passage plus lyrique. Les notes de la main gauche coulaient sans aucun effort. Le changement de doigtés proposé par son professeur avait vraiment été judicieux. Il alla jusqu'au bout de la pièce. Quand il joua le dernier accord en le laissant résonner, Myrtille rouvrit les yeux. L'émotion qui l'avait submergée aux premières notes du morceau lui avait comme « fermé les paupières ». Elle se gavait de ces notes, de ces élans… Elle ne reprit pied que quand le silence s'était fait depuis au moins cinq secondes, tout à fait transportée.

Austin avait la gorge nouée quand il retira ses doigts du clavier. Il attendait que Myrtille explose de plaisir, se répandant en compliments ou en commentaires positifs. Et là, rien. Peut-être dormait-elle ?

Il se retourna pour la regarder et… Myrtille s'était levée et marchait vers lui. Elle mit ses mains sur les épaules de son ami, le fit se retourner et l'embrassa tendrement.

— Mamou me disait qu'il ne faut pas accepter d'être gavée… Et pourtant, toi, c'est ce que tu viens de faire. Tu m'as gavée de musique, de sensations tellement… pfiou… Je ne trouve pas de mots… Je me suis sentie emportée en toi…

— Je t'ai emmenée dans mon intimité, c'est ça ?

— Exactement.

— Dans ma chaleur…

— Aussi, oui… Mais ?

— J'ai réussi à faire ce dont mon prof me parlait, alors…

— Ah ?

Alors Austin expliqua que son prof lui avait parlé de ça : d'inviter ses auditeurs à pénétrer dans la musique, qu'il fallait les amener à entrer dans une « douce intimité », une chaleur. Ce à quoi Myrtille lui dit que c'était pas mal réussi et que s'il jouait de cette manière mercredi, il allait faire « pleurer les mémères ». Austin sourit. C'était une expression vieillotte, c'est vrai, mais décrivant tout à fait ce qu'il voulait parvenir à faire…

— Eh bien, monsieur, je pense que vous êtes prêt pour votre audition… D'ailleurs, dit-elle en regardant sa montre, il est l'heure. J'espère que ton cours se passera comme tu le souhaites… Tu me montres où je peux aller maintenant ?

Austin se leva, empoigna sa petite mallette qu'il n'avait pas ouverte, lui prit la main et c'est ensemble qu'ils sortirent du petit box de répétition…

Passage par l'accueil de l'école pour savoir quelle classe était libre au premier étage du bâtiment central. Le pianiste la conduisit au fond d'un couloir puis frappa à la porte de la salle de cours où l'attendait sa professeure…

Il n'en ressortit qu'une bonne heure plus tard, les yeux brillants, les petits cheveux fous, et heureux, heureux… Il rejoignit Myrtille dans la classe où elle lisait toujours. Elle avait bien avancé dans son ebook. Elle aussi avait les yeux brillants, d'ailleurs, et leurs mises au point de *Comme si* furent emballées rapido presto.

Ils s'arrêtèrent vers quinze heures trente, allèrent prendre un thé, goûter plutôt. Austin appela son père qui travaillait jusque dix-sept heures et qui fut enchanté d'apprendre que leur après-midi s'était passée « merveilleusement bien » ! Mary les attendrait tous les trois en préparant le souper…

Cela avait à nouveau été une journée parfaite !

Audition

On était déjà mercredi : le jour de la fameuse audition d'Austin. Elle commençait à quatorze heures. La famille avait prévu d'aller souper dans un petit resto sympa avec Miss Bee après l'événement.

Tout le monde s'était mis sur son trente-et-un, comme disait Mamou. Myrtille portait la petite jupe qu'elle avait mise dans son bagage. Ses collants noirs aussi. Un haut vert et ses ballerines. Par-dessus, son petit perfecto. Comme tous les trajets se feraient en voiture, inutile de mettre des baskets. Austin s'était fait tout beau aussi : une chemise foncée, un pantalon clair. Il avait un peu tenté de dompter ses petits cheveux fous, mais ce n'était pas vraiment une réussite.

Quand ils arrivèrent devant le bâtiment de l'école, il y avait déjà plusieurs personnes devant l'entrée : des élèves, leur famille, des professeurs.

— Oh, mais vous serez beaucoup, dit Adam en regardant son fils.

— Une petite vingtaine, précisa Austin.

— Heureusement qu'on a prévu de se retrouver pour le souper et pas pour le thé, ajouta Mary en souriant.

Elle se dit qu'elle reverrait Miss Bee et qu'elle pourrait tâter le terrain concernant les progrès du garçon… Beatrix lui avait donné cours pendant deux ans avant qu'il ne tente l'audition d'admission. Elle serait sans doute capable de la renseigner sur ce qu'on pouvait encore « espérer » d'Austin.

Le nom de famille d'Austin lui donnait l'avantage de passer dans les premiers. Il ne devrait pas trop attendre, une vingtaine de minutes tout au plus. Il n'était pas resté avec les autres dans la salle de concert. Il préférait ne pas être témoin de la trouille des pianistes de son niveau. Cela aurait pu le déstabiliser et l'envahir de trac. Pour le moment, ça allait, il se sentait bien, un peu tendu, oui, mais pas perdu dans les émotions… Un stress positif.

Quand ce fut son tour, il entra sur scène, fit un petit salut de la tête, regarda sa famille, Miss Bee et Myrtille, puis s'assit face au piano. Sa professeure était dans la coulisse. Elle devait se tenir prête pour le morceau de Debussy. De plus, de l'endroit où elle se trouvait, elle pouvait motiver le jeune homme par des regards encourageants.

Il avait été convenu qu'il commence par la pièce la plus ardue : le prélude et fugue de Bach. Il poursuivrait par Brahms et terminerait par le *Menuet*. Chaque morceau demandait une énergie et une concentration différente : de la rigueur pour le premier, du pathos pour le deuxième, de la sensibilité et de la complicité pour le dernier.

On ne peut pas dire qu'il se sentit pousser des ailes. Après les dernières notes du Bach, il relâcha un peu la pression. En effet, il était nerveux. Il savait que le jury l'attendait au tournant. Le prélude, oui, c'était simple. D'ailleurs, pour être arrivé au bout en une semaine, il fallait que ce soit facile, sinon, comment lui, n'ayant jamais fait de classique, aurait-il été capable d'y parvenir en aussi peu de temps ? Donc, pour la fugue, il avait intérêt à faire ça parfaitement. Sans quoi… Il fallait qu'il leur prouve qu'il n'était pas un pianiste de seconde zone, un musicos qui s'y croit. Donc, voilà. Il avait joué la fugue du mieux qu'il le pouvait. Cela n'avait pas été du haut vol, mais ce n'était pas catastrophique non plus. Myrtille était un peu déçue… Elle se souvenait de l'émerveillement qu'elle avait éprouvé en écoutant le garçon deux jours auparavant…

Allons, il ne fallait pas se décourager. Brahms, à présent. Il joua la pièce d'un bout à l'autre. Myrtille n'avait jamais entendu le début du morceau. L'atmosphère qui se dégageait de cette partie était tendre, caressante. La jeune fille ferma les yeux et s'enfonça plus profond dans son siège, se préparant à une exécution magistrale. Et ce fut le cas. Le morceau alternait délicatesse, élégance et force contenue, lyrisme. Il s'en tira magnifiquement bien… Myrtille applaudit à tout rompre.

Austin reprenait confiance : il s'était levé sans trembler, avait laissé l'étudiant de deuxième année qui portait le tabouret pour sa professeure déplacer un rien le sien. Et voilà, ils étaient en place tous les deux, elle à l'accompagnement et lui, à la mélodie, forcément. Ils se regardèrent puis, reportant les yeux sur la partition, ils respirèrent de concert. C'était le signal du départ.

Une intro comme un dialogue : élève, professeur, élève à nouveau et professeur pour suivre. Comme un ballet de mains et de bras. Les gestes étaient souples, légers. On voyait davantage Austin, mais on se rendait compte de la maîtrise et de l'entente qui liaient apprenti-pianiste et artiste aguerrie. Adam ferma les yeux. Il préférait imaginer B. et son fils ensemble, au clavier, comme en décembre. Il avait senti quelque chose se passer entre eux. L'alchimie, le sens musical, la conduite des phrases.

Il ne rouvrit les yeux que quand le morceau fut terminé. Les pianistes étaient debout, à présent. Son fils un peu en avant par rapport à son professeur. Il souriait de toutes ses dents et tout le monde les applaudissait. Le jury lui-même était debout. Myrtille avait les larmes aux yeux d'émotion… Elle avait envie de crier : *C'est mon Austin qui a joué comme un dieu, et ça, c'est grâce à Mamou…*

Elle se dit qu'il fallait qu'elle téléphone immédiatement à celle-ci. Et quand elle entendit la voix de sa grand-mère au creux de son oreille, elle lui dit juste « Écoute ! ». C'étaient les bravos du public. Cela dura encore quelques secondes. Myrtille sortit en trombe de la salle de concert tandis que l'aïeule lui demandait ce qui se passait

— Mais qu'est-ce que tu me fais écouter là, ma jolie ? Vous êtes à un concert avec Austin ? Vous vous amusez bien ?

Myrtille était au bord des larmes.

— Dis-moi ? Tout va bien ? Allons, allons, calme-toi. Tu veux que je te rappelle ?

— Oui… d'ici cinq minutes, je pense que…

— D'accord. À tout de suite.

Combien ces cinq minutes furent longues. Myrtille fila dans la coulisse. Austin et sa professeure étaient toujours là. La pianiste le félicitait et le félicitait encore.

— Bien joué, Austin. Votre Brahms était remarquable. Et votre Debussy…

— Notre Debussy, corrigea le jeune homme.

— Oui, notre Debussy. Vous avez fait ça de main de maître… Mais… oh, c'est votre amie, la chanteuse…

— Myrtille ! Viens donc dans mes bras… Alors, tu as aimé ?

— …

— Ah non, tu ne vas pas pleurer tout de même !

— Austin, c'était… magnifique… J'ai adoré. Pardon, madame, de débouler comme ça, mais j'avais trop hâte de lui dire ce que je pensais… D'ailleurs, dit-elle en se tournant vers l'adolescent, j'attends un coup de fil de quelqu'un ça ne va pas tarder… Voilà, je te la passe…

Austin était surpris. Mais qu'est-ce que c'était encore que cette histoire-là ?

— Alors, mon grand, c'était bien aujourd'hui, ton audition ?

— Euh, oui, répondit le garçon en reconnaissant la voix de Mamou.

— Je suppose que ça s'est bien passé, à entendre la voix de Myrtille ?

— Oui, je pense…

— Elle était super émue, tu sais. Tu as dû faire plus que « te débrouiller », non ?

Ils parlèrent encore un tout petit peu puis Austin rendit le téléphone à sa propriétaire. Mamou et Myrtille continuèrent de parler quelques instants pendant que le garçon expliquait à sa professeure que c'était avec « cette dame » qu'il avait travaillé le *Menuet* durant les vacances de Noël. Celle-ci sourit.

— C'est souvent intéressant de se « frotter » à deux avis, non ? fut la seule chose que la pianiste dit à Austin.

Celui-ci et son amie retournèrent dans la salle de concert. L'élève suivant avait déjà terminé son morceau de

Bach et le romantique, il ne lui restait que la pièce à deux à jouer. Austin et Myrtille prirent place près des autres membres de la famille et passèrent un bon moment délivré de la tension de l'audition. Il faudrait attendre dix-sept heures trente pour avoir le résultat du garçon. En fait de résultat, c'était juste un « OK » ou un « plus tard » pour l'examen de fin d'année… Et il était évident qu'avec une prestation pareille, le « OK » était assuré !

Il y eut une pause de vingt minutes vers quinze heures trente, histoire de se dégourdir un peu les jambes. Le public eut l'occasion d'entendre du Bach, bien sûr, en long et en large. En général, les pianistes commençaient par là. Du Chopin, du Beethoven, du Liszt aussi, du Schumann. Et puis, tout un tas de pièces pour deux ou trois, pianistes, violonistes, clarinettistes… La dernière demi-heure, durant la petite délibération du jury, les élèves pouvaient prendre possession de la scène et présenter « ce qu'ils voulaient » du moment qu'ils ne sont pas seuls face au clavier. Il y eut pas mal de chanteurs et chanteuses, un saxophoniste aussi et même quelqu'un qui jouait des percussions. C'était varié…

Austin et la chanteuse anglaise exécutèrent la chanson de Regina Spektor que Myrtille et lui avaient proposée au concert de Noël. C'était frais et léger. Mais la jeune fille était un peu déçue que ce ne soit pas avec elle que cela se passe… Enfin, elle se raccrochait à demain et au travail en studio avec Adam. Ce serait la première fois pour elle, la première « vraie » fois !

Enregistrements

La soirée précédente avait été parfaite. La famille d'Austin, Miss Bee et Myrtille étaient allées souper dans un endroit branché de Londres. Un resto particulier. C'était en plein centre et le mercredi, c'était le jour où il y avait des concerts.

C'est Adam qui l'avait dégotté. Certains des musiciens qu'il enregistrait se produisaient là. C'était essentiellement des jazzmen. Le plus curieux, c'était la localisation de cette « cantine » : dans une crypte sous St-Martins-in-the-Fields. On pouvait y manger léger et surtout passer une soirée sortant de l'ordinaire. Tout naturellement, Austin et Myrtille se retrouvèrent l'un à côté de l'autre. C'est lui qui lui traduisit la carte : tout était en anglais, évidemment. Le meilleur, ce fut le dessert : une Pavlova. Une grosse meringue, de la glace, de la crème fraîche et des fruits. Si elle ne devait retenir qu'une chose de la soirée, ce serait cela. Le concert auquel ils assistèrent leur plut beaucoup. Miss Bee et Adam connaissaient les musiciens. Plutôt que de faire des reprises de standards de jazz, ils jouaient des succès de pop et de rock sauce jazzy. C'était vraiment pas mal. Austin et Myrtille chantaient ce qu'ils reconnaissaient. On demanda même au prof du garçon et à son père de prendre la place du pianiste et du saxophoniste… Ce qu'ils firent avec plaisir. Cela faisait longtemps qu'Adam n'avait plus joué : les premières notes furent un peu hésitantes et puis ses impros s'envolèrent. Il retrouva sa volubilité et ses sons velours.

Il faudrait que Myrtille raconte tout cela à Mamou : elle était certaine que cela l'intéresserait…

Toute la maisonnée était sur le pied de guerre. C'était spécial, aujourd'hui : Adam enregistrait Austin et Myrtille qui reprenaient une chanson de l'aïeule. C'était la chanson d'amitié qui s'appelait *Comme si*. Les deux musiciens étaient au point. Ils partiraient et reviendraient du studio en voiture. Le début de l'enregistrement était fixé à dix heures.

Quand ils arrivèrent aux Olympic Studios, on leur dit que le studio qui leur était destiné, c'était le troisième. Dans la pièce d'enregistrement, il y avait un piano. Et un micro sur pied. Adam, à la régie, leur dit qu'il préférait faire une première prise piano et voix et puis, que si ça ne convenait pas, on ferait des prises séparées.

— On y va, alors ? demanda Myrtille.

— Oui, comme au concert de Noël : toi, Myrtille, tu te mets dans le creux du piano. Austin, va t'installer devant. Ça va ? Le siège est à la bonne hauteur ? Je fais une petite balance…

— Je dois chanter un peu dans le micro ?

— Oui. Fais le début de… ça s'appelle comment déjà ? Que je puisse sauver ça sous le bon nom…

— *Comme si*…

— Simplement ça ? *Comme si* ?

— Oui.

Puis, se tournant vers son ami, elle demanda :

— Tu me donnes la première note ? Ou alors, tu joues l'intro ? Et juste avant de commencer, tu t'arrêtes, que ton père puisse faire ses réglages. C'est bien ça ? demanda-t-elle à Adam.

— Parfaitement, mademoiselle… Vas-y, ajouta-t-il en lui faisant un signe de la main.

La voix de Myrtille s'éleva… Adam sursauta. Il ne se rappelait pas avoir jamais entendu cette chanson. Il se souvenait que B. avait envoyé le mail aux ados et qu'elle l'avait signé pour lui, mais… En tous cas, elle chantait bien. Elle semblait plus assurée qu'aux vacances de Noël. C'était joli, vraiment joli… L'homme se demanda pour qui Mamou avait composé ça. Ce n'était pas pour lui… Étrange, presque tout son répertoire était inspiré par lui, il le savait. Peut-être avait-elle composé ça avant lui ? Mais non, il se souvenait qu'elle lui avait expliqué qu'avant lui, elle n'avait jamais abordé la composition et l'écriture. Alors, peut-être après lui… Cela méritait réflexion. Inutile de poser la question aux amoureux : il eût été étonnant qu'ils soient au courant. *Mais bon, reprenons*, pensa-t-il. Cette petite Myrtille se débrouillait pas mal du tout : un peu de graves, moins d'aigus, sinon, ça paraîtrait trop aigre. Et inutile, d'après ce qu'il entendait, de mettre l'autotune en route… Il préférait comme ça, de toute manière.

— C'est bon, jeune fille ! Pas mal, ta voix. Bon, à ton tour, mon fils !

Austin joua l'intro… Toute la partie de piano se concentrait dans le médium de l'instrument.

— Tu joues un peu dans les aigus et les graves, s'il te plait ?

— Oui, mais… dans la chanson de Mamou, je ne dois jouer que là, fit l'ado en désignant le milieu du clavier.

— Alors, OK, fais tourner…

Adam fit quelques petits réglages et puis leur dit que c'était bon, qu'ils pouvaient jouer la chanson et qu'on verrait ce qu'on ferait ensuite.

Intro d'Austin, la voix de Myrtille… douce, tendre. On aurait dit qu'elle faisait une déclaration. Pas d'amour, mais… d'amitié, plutôt. Les paroles étaient sensibles. Celui à qui B. pensait avait visiblement les yeux bleus, ce qui n'était pas son cas puisque les siens étaient vert écume. Et puis, elle avait dû pleurer dans ses bras, ou se montrer fragile, ce qui n'était jamais arrivé avec lui. Quel phénomène, tout de même, cette B. Voilà, la chanson se terminait. C'était joli, la fin, au piano.

— Bon, je vais écouter ça et je vous dirai ce qu'on fait.

Il fallait qu'il dose un peu les niveaux. Il y avait des moments où le piano était trop présent. Valait-il mieux qu'il règle ça au curseur ou qu'il dise à Austin d'un peu calmer le jeu ? L'idéal, ça aurait été qu'il ne doive pas chipoter, que ce soit comme une prise en live. Mais pour cela, il faudrait certainement encore enregistrer…

— On va recommencer. Austin, fais gaffe à la voix de Myrtille ; il y a des moments où tu es trop présent.

— D'accord.

Ils reprirent. Cette fois, c'était mieux, vraiment mieux. Adam n'eut plus que deux petits réglages de rien du tout à faire. On allait maintenant s'attacher à la voix.

— Si tu peux chanter toute la phrase sans respirer… Oui, je sais que c'est long, mais… vous n'avez pas travaillé ça avec ton coach ?

— Si, répondit Myrtille. C'est juste que je suis un peu impressionnée et que je pense que je ne respire pas correctement, ajouta-t-elle, penaude.

— Bon, qu'est-ce qui pourrait t'aider à te décoincer ?

— Je ne sais pas vraiment, moi… Un peu parler, peut-être…

— De quoi tu voudrais qu'on parle ?

— Racontez-moi un truc de quand Austin était petit, quelque chose pour me faire rire…

Adam ne savait pas raconter : il n'était pas assez à l'aise pour cela. De plus, ayant beaucoup de boulot quand son aîné était petit et encore seul enfant du couple, il n'était pas souvent à la maison et ne l'avait pas vu grandir vraiment…

— Rien ne me vient comme ça, tu sais, Myrtille… Il va falloir te débrouiller sans ça… Passer un petit coup de fil à Mamou, ça te ferait du bien ?

— Oh oui… ça, ce serait une bonne idée, je pense ! surenchérit Austin. Attends, je vais te chercher ton GSM.

L'adolescent lui passa l'appareil. Myrtille tapota l'écran et le visage de Mamou s'afficha.

— Allo, Myrtille. Toujours à Londres ?

— Oui, on est en séance d'enregistrement, là.

— Tout va bien ?

— Oui, sauf que je suis un peu stressée…

— Ah. Je peux faire quelque chose ?

— Tu te souviens de quand je t'avais demandé ton aide, il n'y a pas longtemps ?

— Au sujet de votre première fois à Austin et toi, c'est ça ? Je suppose que tu n'es pas seule. Si tu veux, réponds juste par oui ou non…

— Oui, voilà.

— Tu me parles d'aide. Tout se passe bien, rassure-moi ?

— Oui…

— Tu voudrais que je te dope pour l'enregistrement ?

— Oui…

— Alors, je vais te parler de quelque chose qui m'est arrivé… il y a longtemps.

— D'accord.

— Papou m'a enregistrée, il y a de cela des années, ça, tu le sais ?

— Oui… mais…

— Et puis, une fois, Adam a bossé sur ma voix. Il a fait des miracles, vraiment. Quand je me suis entendue, j'ai été émerveillée. Et tu sais ce que j'ai pensé ?

— Non…

— Que c'était un magicien, qu'il *me* révélait. J'avais l'habitude de m'entendre puisque je m'enregistrais avec le petit matériel que tu as dans ta petite pièce à toi, tu vois ?

— Oui…

— Alors, fais-toi confiance. Tu es bien entourée. Tu chantes et c'est Austin qui t'accompagne. C'est un luxe que je n'ai pas pu m'offrir beaucoup. Profites-en. Tu as une chance pas possible…

— Oui, dit Myrtille, les larmes aux yeux.

— Ça va aller, maintenant… Tu te sens un peu mieux ?

— Oui. Je vais sécher mes larmes. C'est si émouvant, ce que tu m'as raconté.

Austin et son père regardaient Myrtille avec curiosité. Qu'est-ce que sa grand-mère avait bien pu lui dire ?

— On y retourne ? proposa Adam.

— Oui, répondit l'adolescente.

— Je vais te chercher un verre d'eau et puis on reprend ? demanda Austin en lui donnant un mouchoir en papier.

— D'accord, dit-elle en prenant le mouchoir et en s'épongeant les yeux et les joues.

Tout se passa pour le mieux, ensuite. Ils firent encore trois prises et puis Adam déclara qu'il avait assez de matière pour boucler le tout. Cela ne lui prendrait pas plus d'une demi-heure en tout et pour tout. Et le résultat était… bluffant…

Ce qui était magique, c'était ce petit delay sur la voix de Myrtille : cela lui donnait de la consistance, mais sans entraver sa légèreté. Il y avait des harmoniques qu'Austin et son amie n'avaient jamais entendues. Et le piano était « juste comme il fallait » : pas trop pesant mais présent à point. Les moindres petites inflexions de la chanteuse étaient accompagnées par Austin. Leurs respirations étaient simultanées. Il n'y avait pas de blancs entre les phrases, simplement comme « des points de suspension ». C'était magnifique…

— Adam, je peux vous demander une faveur ?

— Dis-moi, Myrtille.

— Je sais qu'on est jeudi et pas lundi, mais… vous voudriez bien envoyer le fichier à Mamou ?

Austin regardait alternativement son père et la jeune fille. Qu'est-ce que c'était, cette histoire de lundi ? Ça avait de l'importance qu'on soit jeudi ?

— Je vais le faire tout de suite… Tu sais, c'était dans le sens inverse que c'était convenu. Mamou ne te l'a pas expliqué ?

Adam lui fit un clin d'œil. Quelle complicité, tout de même, entre Myrtille et sa grand-mère. Mais que lui avait donc raconté cette dernière ?

Myrtille se tourna vers Austin : encore un projet qui tournait bien. Elle allait demander à Adam s'ils pouvaient enregistrer sa voix sur le mp3 qui était sur la clé USB minuscule qu'elle cachait dans sa main : c'était la version de piano ajustée de *Je connais par cœur*. Il fallait que cela reste une surprise jusqu'à leur première nuit à Austin et elle…

Plus que deux jours…

II
De nouveaux départs...

1. Pour Austin

Pouvez-vous vous arranger pour éloigner Austin de nous (Adam et moi) : je voudrais enregistrer quelque chose sans lui pour lui faire une surprise... Myrtille

Ce fut le texto que Mary et Adam reçurent en même temps… Elle avait de la suite dans les idées, la petite !

Le GSM d'Austin sonna. C'était sa mère qui lui demandait de passer *expressément* à la grande surface à côté des studios. Elle voulait préparer des pâtes aux scampis et elle venait de se rendre compte qu'elle n'avait plus ni crème fraîche ni fromage… Le garçon leva les yeux au ciel… Fichu truc : il allait devoir laisser son père et son amie pour rendre service à sa mère…

Adam semblait très occupé à régler les curseurs de sa console.

— Dis p'pa, c'était maman. Elle demande que j'aille faire une course pour le souper…

— Pas de soucis, dit l'ingé-son. On t'attend avec Myrtille.

— Elle ne vient pas avec moi ?

— Non, j'aurais voulu passer sa voix à l'autotune et voir ce que ça donne. Mais je préfère qu'elle me dise ce qu'elle en pense. Ça devrait être fini quand tu seras de retour… Tiens, voilà ma carte bancaire.

Le garçon les laissa à contrecœur… *Il serait absent au moins une demi-heure, juste le temps qu'il fallait*, songea Adam. Heureusement qu'il n'avait pas dit, au moment de l'enregistrement, qu'il n'aimait pas trop ça, cet effet : son excuse n'aurait plus pu être employée !

Il ne savait pas de quoi il retournait. Myrtille lui avait tendu sa petite clé USB en lui disant que c'était le fichier audio « je connais par cœur + 2 t ». Il l'introduisit dans l'ordinateur portable sur lequel il travaillait et mit le lecteur en route. Cela lui disait quelque chose, cette musique. Cela datait, oui, mais il se souvenait que c'était une chanson-guimauve de Mamou…

— Tu vas… enregistrer ça ?

— Oui… Pourquoi ?

— Ce sont des paroles…

— … qui étaient écrites pour vous, je sais. Mais j'ai retravaillé le texte : c'est pas pareil que ce que Mamou avait écrit…

— J'espère que c'est un peu moins triste…

— Je pense. D'ailleurs, je peux aller m'installer au micro et vous faire entendre.

— Avec plaisir…

L'adolescente retourna dans le studio. Elle avait l'air bien plus sûre d'elle. Alors, c'était Austin qui l'intimidait… C'était étrange.

— On y va. Tu sais quand tu dois commencer, je suppose ?

Myrtille, le casque sur les oreilles, fit signe que oui et Adam remit le mp3 au début. L'enregistrement fut bouclé rapidement. Adam se laissait bercer par les mots de B. en se disant que c'était tout de même bien fichu.

Je connais par cœur
Le grain de ta peau
L'endroit où elle rougit quand il fait très chaud

Je connais par cœur
La couleur de tes yeux
Combien ils sont verts avec des reflets bleus
Je connais par cœur
La longueur de tes cils
Le dessin élancé et net de tes sourcils
Je connais par cœur
La forme de tes dents
L'éclat de tes sourires délicieux et charmants...

Je connais par cœur
L'ourlet de ta bouche
Les mots que tu dis qui parfois font mouche
Je connais par cœur
Tes ongles à peine rongés
Avant tu les coupais : ça aurait donc changé
Je connais par cœur
Le galbe de tes cuisses
La rondeur qu'elles esquissent sous ton jeans
Je connais par cœur
Ce soupçon de ventre
Quand tu respires, je vois ta chemise se tendre
Elle avait écrit la suite avec son cœur, c'était manifeste.

Je connais par cœur
Ta démarche nonchalante, ton allure féline, ta voix grave
et troublante
Je connais par cœur
Je connais par cœur
Tes regards discrets, la chaleur de tes bras, la douceur de tes
doigts
Je connais par cœur

Je connais par cœur tes baisers gourmands même si tu fais semblant d'être encore un enfant

Je connais par cœur ton sourire si tendre : prends-moi contre toi, et surtout ne me lâche pas...

— Pas mal du tout. Tu l'as beaucoup travaillée, cette chanson ?

— Oui et non.

— Explique.

— Eh bien, je l'ai écoutée, pas mal de fois, et puis, j'en ai parlé aussi, avec Mamou.

— C'est elle qui a écrit les nouvelles paroles ?

— Non, non, c'est moi.

— C'est très réussi, en tous cas.

— Vous pensez qu'Austin aimera ?

— Je ne sais pas où vous en êtes tous les deux, mais je pense que tes mots vont le toucher...

L'adolescent réapparut alors que Myrtille avait rejoint Adam.

— On a fait des essais pour l'autotune, mais c'est franchement mieux sans...

— Donc, Myrtille aurait pu m'accompagner chercher le fromage et le reste... Rhooo, p'pa, c'est rãlant..., soupira Austin.

— Je comprends que vous vouliez profiter au max tous les deux, mais il vous reste deux jours et un morceau d'un troisième...

— Oui, mais au mariage, on ne sera pas seuls...

— Non, ça, c'est un fait, vous ne serez pas seuls ! Mais vous aurez tout le trajet : l'avion, et puis la voiture...

— Mais on ne sera pas seuls non plus...

— Vous avez la journée de demain. Au fait, vous allez faire quoi ?

Myrtille et Austin se regardèrent… en se disant qu'ils n'en savaient rien. Adam s'en rendit compte et sourit. Ah, ces jeunes ! Quand il s'ennuyait, à l'âge de son fils, il composait ou alors, il faisait des « expériences au sujet du son ». C'est de cette manière qu'il avait appris à traiter tout ce qui lui tombait entre les oreilles et cela lui avait bien servi dans son job d'ingé-son. Il avait découvert la musique acousmatique quand il était en dernière année de son cursus scolaire et c'était devenu une passion qu'il avait gardée pendant au moins cinq ou six ans. Il aimait le post-rock aussi, et le math-rock à ce moment-là. D'ailleurs, c'était le sujet de son travail de fin d'études : la prise de son de cette musique… Ensuite, il avait versé dans le jazz. De par son instrument de prédilection, le sax, c'était pratiquement obligé. Il avait fait partie de groupes pratiquant des styles tout à fait différents : de la chanson française, des covers entre autres. Et puis, il avait rejoint les consoles de mixage, préférant le travail de l'ombre. Cela n'avait fait que renforcer son amour du son, le soin qu'il avait à traiter ce qu'il entendait, les voix, les instruments.

Il se sentait bien, à présent, entouré de ses machines. La précision dont il faisait preuve était un atout, oui. Mais ce qui l'était plus encore, c'était sa sensibilité. Celle qu'il mettait au service de tout ce qu'il enregistrait et puis travaillait, transformait, transcendait.

Avec ses rêveries, il avait presque oublié de sauver le fichier « Je connais par cœur + 2 t » de B. sous un autre nom puisqu'à présent, il y avait la voix de Myrtille pour Austin dessus. Pour ne pas éveiller les soupçons de son fils, il l'appela « Cœur pour Myrtille ». Il s'abstint de demander à la jeune fille de l'envoyer à Mamou : elle le ferait sûrement en cachette dès que ce serait possible pour elle.

Les enregistrements et mix étaient bouclés, il était temps de quitter les studios.

Sur le chemin du retour, Adam se remémorait toutes ces années. Comme il avait fait du chemin depuis la fin de ses études et son boulot à Radio-Sonik, cette petite structure où il mettait en ondes les émissions nocturnes du mercredi… Il y avait fait la connaissance d'Agathe et de Marine avec qui il avait eu une magnifique relation. Il avait retrouvé Simon aussi, qui avait été son prof quelques années auparavant. Et rencontré Apolline, sa protégée, une chanteuse auteure-compositrice talentueuse. C'était une période riche en découvertes et en nouvelles sensations…

Et dans deux jours, il allait recroiser Marine. Celle-ci et son mari avaient invité sa famille au mariage de leur fille. Le temps passait.

Il se demandait à qui ressemblait Adèle, la fille de Marine. À Arsène, son père ? C'était un « lecteur » aussi. Il prêtait sa voix à Audible, d'ailleurs. Adam l'avait rencontré juste une fois, après un concert. Ils étaient déjà ensemble, Arsène et Marine. Il s'était même permis de lui « confier » la jeune femme… Quelle drôle d'idée, d'ailleurs, en y réfléchissant. T. avait fait pareil après cet autre concert d'avril quand Adam lui avait envoyé un SMS pour l'avertir qu'il était avec B. et que T. n'avait pas à s'inquiéter.

Donc, pour en revenir à Adèle : avait-elle les cheveux châtains de sa mère ? Ou plutôt la chevelure foncée d'Arsène ? D'un autre côté, à l'âge qu'ils avaient tous les deux à présent, il devait y avoir pas mal de fils d'argent dans leurs tignasses… De quelle couleur étaient ses yeux ? Comment était son nez ? Adam aurait aimé retrouver ce qu'il connaissait et avait tellement aimé de Marine chez sa fille…

Après l'émotion manifestée par B. quand la famille d'Adam était arrivée à la « grande maison » en juillet dernier, il n'était pas certain que ce serait différent pour l'homme. Retrouver le grand amour de ses vingt-cinq ans et cela en présence de femme et enfants… Il y pensait de plus en plus régulièrement. Et s'il réagissait de manière disproportionnée ? Il fallait qu'il se prépare au moment en question pour ne pas être surpris par sa réaction à lui… et ne pas rendre Mary malheureuse, et ses fils et Myrtille curieux outre mesure…

On arrivait à la maison : Mary attendait le retour de la petite troupe avec impatience.

— Ah, enfin, vous voilà !

— Tiens, je suis passé à la grande surface pour ce que tu m'as demandé… Et ta carte de banque, ajouta Austin en se tournant vers son père pour la lui remettre.

— Je vais pouvoir terminer le souper. Merci.

Mary et Adam échangèrent un regard complice. Elle se demandait si tout avait fonctionné comme Myrtille le souhaitait. Elle s'en assura en jetant un coup d'œil à l'adolescente. Celle-ci était un peu rouge et ses yeux brillaient. C'était une petite filoute qui, visiblement, savait ce qu'elle voulait et savait aussi quels moyens mettre en œuvre pour parvenir à ses fins. Elle se dit que les choses s'étaient bien passées et ne posa pas de question. Elle sonderait Adam quand ils seraient seuls

Mary retourna à la cuisine pour achever le repas et Myrtille la rejoignit.

— Merci, Mary ! C'était parfait, pour Austin…

— Ah oui ? Cela t'a aidé ?

— Tout juste. J'espère qu'il sera content de ce que nous avons préparé, son papa et moi…

Austin arrivait : il fallait qu'elles soient discrètes l'une comme l'autre.

— C'est quoi, le dessert ?

— Toujours à penser à son estomac, fit remarquer Mary à Myrtille en lui donnant un coup de coude.

Elles rirent toutes les deux et Mary répondit que ce serait juste un fruit, qu'avec les vacances, elle faisait moins de courses et qu'elle n'avait pas pensé à dire à Austin qu'il rapporte de la glace. De toute manière, elle aurait fondu quand ils seraient rentrés…

Austin les regarda toutes les deux : elles avaient l'air de bien s'entendre, au final.

2. Un soir d'avril

— C'était une jolie réception, dit Mary en se tournant vers Adam.

— Tu as raison. C'était simple, sans chichis. Tout à fait à l'image de Marine et Agathe

Le couple avait rejoint la chambre qu'ils occupaient quand ils logeaient dans la « grande maison » pour y déposer leur petit bagage. Après avoir sauté dans un avion pour rejoindre la France, ils avaient loué une voiture et s'étaient rendus à l'apéro organisé après le mariage d'Adèle et Nicolas. Mary fixait son mari, curieuse. Allait-il parler de ce qu'il avait ressenti en retrouvant son grand amour ?

— Tu ne me demandes rien ?

— J'aurais à le faire ?

— Ben, je ne sais pas, c'est moi qui ai revu Agathe et… Marine après toutes ces années.

— Tu veux en parler ?

— Oui, je pense que c'est mieux que tu saches, au final…

— Eh bien OK. Tu me racontes ? Ou tu préfères que je te pose des questions ?

— Interroge-moi, oui, ce sera sans doute plus simple.

Mary regardait l'amour de sa vie… Elle n'aimait pas le mettre sur la sellette. Elle connaissait les malaises de l'homme. Elle savait qu'il valait mieux qu'elle n'essaie pas de tout savoir de lui. Lui, il avait du mal à exprimer ce qu'il ressentait. Il n'en avait pas l'habitude. C'était sans doute juste une histoire de vocabulaire. Un peu comme quand on est amoureux fou : on veut tout dire, mais rien ne sort comme on le voudrait. Adam, c'était ça. Tellement de choses se percutaient dans son esprit et au final, impossible de les ordonner et de les expliquer. Il y avait la musique, les sons, et tout ce qu'ils véhiculent comme émotions. Il y avait aussi cet amour que B. lui témoignait depuis des années sans plus rien espérer en retour et la difficulté de plus en plus lourde qu'il avait à supporter la peine qu'il lui faisait. Il avait toujours résisté à l'appel du corps de cette femme qui s'était précipitée dans sa vie, dans sa tête. Il n'avait failli qu'une seule fois, celle où ils s'étaient retrouvés en avril, après un concert. Combien d'années cela faisait-il ? Il ne savait plus au juste… Il s'était mis à son diapason, jouant au « caméléon amoureux », de manière sensuelle, attentive, gentille. Elle était si amoureuse et lui, il lui avait accordé du temps mais de la tendresse aussi. Il n'avait plus parlé de cela.

Ils n'avaient plus parlé de cela… plus jamais. Ils avaient peur de révéler ce qu'ils ressentaient l'un pour l'autre et l'un de l'autre. Il savait qu'elle l'aimait passionnément. Elle avait compris que leur nuit, c'était comme un chant du cygne. Tout le contraire d'une première nuit d'amour. Plutôt un adieu. Un « c'était la dernière fois, alors, on va se donner tout ce qu'on peut ». C'était bien après Marine et au moment où il était déjà en couple avec Mary. B. le savait-elle ? Oui, sans doute. Et pourtant, ça ne les avait pas empêchés de… Et même si les sentiments de l'un et l'autre n'étaient pas synchrones, combien lui, surtout lui, avait apprécié l'étreinte. Il se souvenait…

Mary observait le visage d'Adam à présent : ces émotions qui passaient dans ses yeux, les petits sourires esquissés, les froncements de sourcils.

— Tu réfléchis ?

— Je me souviens…

— De quoi, au juste ?

— Tu sais combien je t'aime, non ?

— Oui, bien sûr…

— Alors, tu sais que quoi qu'il se soit passé et que je te raconte, c'est avec toi qu'est ma vie…

— Oui, en effet… Alors ?

— Pose-moi tes questions…

Mary lui parla de Marine, d'abord lui demandant, comme pour s'en assurer, si elle avait vraiment compté pour lui et de quelle manière. Et puis, elle parla de B. Elle s'était rendu compte, par la force des choses, que cette femme avait compté… D'abord, Adam avait insisté pour que ce soit elle qui soit la marraine d'Austin, ensuite, c'était T. qui était venu photographier leur mariage et B. qui avait réalisé un superbe album-souvenir. Là, ils avaient été moins en contact, mais après tout ce temps, ils s'étaient retrouvés. Les familles s'étaient retrouvées, plutôt. Il y avait toujours quelque chose de fort et de trouble entre B. et lui, Adam. Pour quelle raison ?

Mary n'osait pas en parler. Le jardin secret de cet homme qu'elle avait rencontré longtemps auparavant et qu'elle avait aimé immédiatement, il devait y tenir de manière obstinée. D'ailleurs, il n'est même pas certain que si elle avait attendu que ce soit lui qui engage les choses, ils se seraient mariés, ni même trouvés…

Elle revint à Marine, si pimpante dans sa robe bleue. Le même que celui du petit gilet en mousseline qu'Adèle portait au-dessus de sa robe en soie sauvage et en dentelles… Quand les mariés étaient sortis de l'église et qu'Adam avait reconnu Marine dans la suite, il avait serré plus fort la main que Mary lui donnait. Il avait presque été étourdi de retrouver le visage mutin, les yeux curieux, le petit nez en trompette… Un homme de haute stature qu'il reconnut l'accompagnait. Elle avait l'air heureuse…

— Oh, avait-elle dit à l'homme en lui lâchant le bras.

Elle s'était précipitée vers Adam et son épouse.

— Comme je suis heureuse que tu sois là ! s'était-elle exclamée. Après toutes ces années…

Marine le regardait intensément. Était-il heureux à présent ? Comment les choses s'étaient-elles passées après leur rupture ? Elle se souvenait du jour où il était venu lui annoncer qu'il avait donné sa démission à Radio-Sonik : il avait été engagé à plein temps par la radio nationale pour laquelle il bossait déjà quelques heures par semaine et il avait rencontré quelqu'un, quelqu'une, même, avec qui il… Il n'avait pas eu besoin d'en dire beaucoup plus. Elle avait compris rien qu'en regardant ses yeux. Il était gêné, c'était manifeste. Et aussi, il y avait plein de doutes dans son regard. Ne ferait-elle pas une scène ? Mais non, elle s'était tue. Elle était rentrée chez elle en taxi, les choses s'étaient passées devant le bâtiment de la radio. Elle avait pleuré des jours entiers, des nuits. Elle s'était absentée du collège où elle donnait cours durant une petite semaine. Et puis, elle s'était secouée, avait repris sa vie en main. Elle avait déménagé, se rapprochant du centre de la ville pour être plus près de son boulot. Les lectures à la radio avaient repris, elle avait fait la connaissance d'un autre ingé-son qui l'avait consolée de temps en temps. Ses liens d'amitié avec Agathe et Simon s'étaient renforcés. Et puis, petit à petit, elle avait repris goût à la vie avec Arsène…

Ce que la lectrice voyait, c'était un homme un peu emprunté mais plus sûr de lui. Il n'avait pas vraiment grossi. Il avait juste pris de la carrure. Et le fait qu'il ait l'air un peu troublé, c'était sans doute parce qu'il ne savait pas trop comment se comporter face à elle.

— On s'embrasse ? demanda la mère de la mariée. Vous avez fait bon voyage ?

Elle était toujours aussi vive. *D'ailleurs*, s'était dit Mary, *elle lui a déjà sorti au moins trois phrases, et Adam est resté silencieux.*

Marine avait posé sa main sur le bras de l'homme. Avec fougue, elle lui avait plaqué un baiser sur chaque joue. Il semblait éberlué. Quelle tornade, tout de même : ça n'avait pas changé !

— Bonjour Marine, avait dit Adam d'une voix un peu sourde.

Rhoooo, ces yeux vert écume qu'elle n'oublierait jamais… Ils brillaient de mille feux… Et ces longs cils qui battaient comme des papillons. Il devait être troublé, à nouveau. Certainement pas par elle, ça, elle en doutait, mais par la situation.

Ils se regardèrent, se sondèrent durant une trentaine de secondes qui leur parut être longue d'une dizaine de minutes…

— Je te présente Mary, mon épouse et la maman d'Austin et Duncan, mes fils. Et voici la petite-fille de l'amie dont je t'ai parlé…

Il s'était tourné vers Myrtille qui, tout sourire, donnait la main à Austin…

Ainsi, c'était elle la « petite-fille ». Elle s'était imaginé que c'était quelqu'un de moins de dix ans et là, c'était une adolescente tout à fait charmante qui la fixait de manière insistante.

— Rappelle-moi de quelle amie il s'agit, lui dit Marine.

— Je ne sais pas si tu te souviens, c'est B., tu vois, l'auteure qui avait raconté notre histoire…

— Oh, tu as toujours des contacts avec elle ?

— Oui, elle est la marraine de mon aîné.

— C'est chouette ça…

Marine trouvait ça un peu étrange, mais bon, c'était la vie d'Adam, dans le fond.

— Je vous présente Adèle et Nicolas ? demanda-t-elle en regardant le couple de jeunes mariés. On va un peu attendre qu'il y ait moins de monde autour d'eux, ou alors, on fait ça à la réception ?

— D'accord, acquiesça Adam.

— Mais en attendant, je vous confie à Arsène, oui ?

Adam et Mary se regardèrent. *Pourquoi pas ?* dirent-ils en même temps.

— Alors, comme ça, vous habitez Londres, à présent.

— En effet, répondit Mary.

— Pourquoi vous être exilés là-bas ?

— Pour le boulot d'Adam… Il a eu l'opportunité d'être engagé par les Olympic Studios pour réaliser les enregistrements et mix de… Oh, aide-moi, Adam, dit-elle en se tournant vers l'homme qui était toujours silencieux.

— Un groupe qui n'a plus aucun succès maintenant, mais qui avait une certaine renommée à l'époque. En fait, un artiste britannique qui composait, interprétait, enregistrait et mixait ses compos personnelles a réquisitionné des musiciens pour enregistrer dans les conditions d'un live. Il avait fait appel à une mini section de cordes et une batterie jazz. Il est tombé par hasard sur un de mes mix où j'avais rajouté une ligne de sax et comme ça lui plaisait…

— Vous avez travaillé longtemps ensemble ?

— Non, pas vraiment. L'album enregistré a eu moins de succès que prévu, il est retourné à ses anciens amours et n'a plus eu besoin de moi.

— Mais vous êtes restés là-bas…

— Oui, c'est mon pays, vous savez, intervint Mary. Entretemps, j'avais trouvé un boulot dans une école et nous habitions une jolie maison. Et puis, les enfants étaient petits et on s'est dit que ce serait mieux de ne pas les transbahuter comme ça… Et de toute manière, Adam avait été engagé par les Studios, donc…

— J'y songe, dit Arsène, vous connaissez peut-être David, le mari d'Agathe et le papa de Nicolas… C'est le responsable d'une série de studios à Paris.

Adam regarda Marine qui était allée saluer d'autres invités. Ce n'était pas possible. Serait-ce, par le plus grand des hasards, celui qui avait enregistré Marine quand Adam et elle avaient fait ce petit séjour à Paris ? Il chercha l'homme des yeux et de loin, le reconnut. Mais oui, c'était lui : pas très grand, avec un visage rond. Il avait moins de cheveux, certes, mais toujours cette dégaine d'adolescent… Il fallait qu'il aille le saluer. C'était Simon qui les avait mis en contact tous les deux. C'était au temps où Marine enregistrait des lectures érotiques et c'était même grâce à un de ses enregistrements qu'elle avait été amenée à bosser pour Audible… *Et d'ailleurs*, se dit-il, *Simon, il devrait être là aussi…*

Adam recommença de laisser traîner les yeux sur les invités, mais il ne le vit pas… Peut-être était-il déjà sur le lieu de la réception… Il le chercherait quand ils arriveraient là-bas.

Agathe donna le signal du départ vers l'endroit où se poursuivrait la fête. Adam se dit qu'il irait lui parler plus tard.

Gentiment, Mary avait glissé sa main dans celle de son mari.

— Pas trop troublé ? lui murmura-t-elle.

— Tous mes souvenirs sont revenus en bouffée.

— C'est plutôt… agréable ?

— C'est surtout émouvant…

— Bon, on va suivre le petit cortège. Il ne faudrait pas qu'on se perde.

Ils firent signe aux trois ados de les rejoindre. Ils allaient se remettre en route avec la voiture qu'ils avaient louée à l'aéroport.

Myrtille babillait, elle était heureuse d'avoir vu cette Marine… Adam lui jetait des coups d'œil dans le rétroviseur. Elle parlait du roman de Mamou et cela gênait l'homme.

— Il faudra vraiment que tu lises ces *Frissons Nocturnes* que B. avait écrits il y a longtemps, dit Adam à Mary. Je pense qu'alors, les choses seront plus claires…

Elle lui promit de le faire. Elle demanderait à l'aïeule si un exemplaire de ses écritures traînait à la « grande maison » ou ailleurs.

***

— Alors, ce mariage ?

Mamou était curieuse et très impatiente.

— Rhoo, Mamou, t'aurais vu Adèle… Tu sais, la mariée…

— Ahhhh… Raconte.

— Eh bien, elle était super belle.

— Bien habillée, tu veux dire.

— Oui, mais pas que ça… Elle est jolie comme ça, tu vois. Elle avait une coiffure pas trop sophistiquée et pareil pour le maquillage. Et même comme ça, elle était sublime.

Mamou souriait. Elle aimait la fougue de sa petite-fille. Elle se retrouvait en elle.

— Attends, j'ai pris des photos avec mon GSM. Je te montre ?

— Avec plaisir !

Myrtille faisait défiler des photos. Elle devait chercher les premières de la réception…

— Au final, on était à la sortie de l'église. Les parents d'Austin voulaient voir la sortie et qu'on puisse lancer du riz…

— Oui, je vois.

— Voilà, dit Myrtille en tendant son GSM à Mamou. Tu vois la jolie robe qu'elle portait.

De fait, une robe avec de la dentelle. Par-dessus, un petit gilet en mousseline bleue. Un chapeau avec une petite voilette. Une bourse rehaussée de perles en guise de sac à main. Des gants… Comme ils étaient jolis. Elle souriait. Son visage irradiait de bonheur. D'autres photos la montraient en pied. Elle était assez grande, plus grande que sa mère dans le souvenir de l'aïeule, avait des cheveux châtains comme Marine, un petit nez en trompette et des yeux d'un bleu limpide, ça, ça devait être un héritage paternel. Son bouquet était tout simple : des fleurs blanches et des fleurs bleues… Étonnant, non ? Quand on a une maman qui avait « Bleue » comme pseudo quand elle bossait à la radio, c'était on ne peut plus attendu.

Mamou continuait de regarder les photos. Elle était mignonne, Adèle, mais pas autant que Marine. Où était-elle, donc, Marine ? Elle l'aperçut, quelques secondes plus tard. Elle portait un ensemble… bleu, de ce bleu pervenche qu'elle semblait adorer. Elle était un peu en retrait du couple de mariés. Un homme de haute stature lui entourait les épaules de son bras gauche et elle s'essuyait les yeux… Comme elle avait l'air émue… Puis, l'aïeule regarda mieux le marié. Mais oui, elle reconnaissait les traits d'Agathe. Par contre, les cheveux, c'était pas vraiment ça. Son père, sans doute…

Elle faisait défiler les photos, à présent. Des gens qu'elle ne connaissait pas, évidemment… Oh si, Simon ! Ainsi, il s'était rendu en France pour la noce… Les yeux de l'aïeule brillaient d'émotion.

— Tu as été présentée à ce monsieur ? demanda-t-elle à Myrtille.

— J'ai vu les parents d'Austin discuter avec lui pendant la réception, et Mary m'a dit que c'était quelqu'un qui était proche d'Adam quand il était jeune. Je n'ai pas bien compris… Mary l'appelait « son prof »… Mais je ne vois pas pourquoi un prof aurait été aussi proche…

— Tu ne le reconnais pas ?

— Non, je devrais ?

— Il jouait un rôle dans mes *Frissons Nocturnes*, parce que oui, c'est quelqu'un de qui Adam était proche et puis Marine, aussi… Je me demande même s'il n'y aurait pas eu quelque chose entre eux, avant qu'elle rencontre le papa d'Adèle…

— Oh ! Simon. Mais oui, Simon, le Simon de tes *Frissons Nocturnes*. Tu n'as pas changé le nom qu'ils ont en réalité, alors…

— Effectivement… Tu sais, certains auteurs font des mélanges : le physique d'untel avec la personnalité d'untel autre et la vie d'un troisième. Moi, je ne fais pas ça… De toute manière, les gens qui me lisent, en général, ils ne connaissent ni moi ni mes personnages dans la vraie vie. Quant aux autres… pour la plupart, ils sont flattés d'avoir un rôle dans mes histoires !

— …

— Les parents d'Austin connaissaient beaucoup de monde ?

— Non, juste les parents des mariés, en fait. Et Simon, bien sûr.

Une question brûlait la langue de Mamou… Comment Adam avait-il réagi en revoyant Marine ? Elle se disait que l'émotion devait être là, palpable. L'homme avait dû parler à Mary de son premier amour… Qu'avait-elle pensé, imaginé ? Peut-être était-elle au courant de cette histoire depuis longtemps. Mais connaissant Adam… Elle ne dit rien. Il valait mieux ne pas mêler sa petite-fille à ces histoires de grandes personnes… Elle essaierait d'en savoir plus, mais sans en parler à Myrtille. C'était plus raisonnable. Elle pourrait demander à Mary ou à Adam lui-même. Elle aviserait en temps utile.

Elles continuèrent de regarder les photos enregistrées sur le GSM de l'adolescente en faisant des commentaires sur les tenues portées, les chapeaux…

— Tiens, tu te sentais bien avec cet ensemble qu'on t'avait choisi ?

— Oh oui, c'était super confortable. Et puis…

— Oui ?

— Austin, il était beau, mais beau…

— Raconte.

— Il avait un costume clair et une chemise foncée. C'est pas courant, ça, si ?

— Je ne sais pas vraiment… Tu sais, moi et la mode d'aujourd'hui… Et son père ?

— La même chose…

Mamou se souvenait de ces fois où Adam jouait en concert. En général, il portait un jeans et une chemise noire. Il était tellement beau lui aussi, tellement… lumineux… Même s'il se tenait comme en retrait, elle ne voyait que lui sur scène. Et pourtant, elle s'abstenait de trop le regarder. Elle s'attardait sur John, le pianiste, ou sur Tom, un des guitaristes… Quand elle croisait leurs regards, elle avait toujours droit à un sourire. Ce qui n'était pas le cas avec Adam, comme s'il avait peur qu'un petit signe puisse être… engageant pour la suite… Un voile passa dans ses yeux. Il y avait toujours cette mélancolie, même si les choses étaient différentes à présent…

— Mamou…

Myrtille la rappelait à la réalité.

— Tu es… triste ?

— Non, ma jolie, ce sont juste des souvenirs, pas mal de souvenirs, qui remontent à la surface et que je pensais enfouis plus profondément.

— De ceux qui font mal ?

— Voilà… Et pourtant, je te promets que ma vie, à présent, je l'aime beaucoup…

— Tu veux que je te raconte autre chose ? Pour te… changer les idées ?

— Il y a des choses que je devrais savoir ?

— Effectivement, dit Myrtille, un petit sourire aux lèvres.

— Ah….. Je suis curieuse. Raconte-moi…

— C'est au sujet des enregistrements !

Mamou sourit. Il y avait eu *Comme si*, le cadeau qu'Adam et elle avaient fait au couple d'ados et *Je connais par cœur*, cette reprise que la jeune fille avait faite exprès pour son amoureux.

— Raconte-moi, ça s'est bien passé, finalement ?

L'aïeule se souvenait du coup de fil un peu paniqué de Myrtille cet après-midi-là. Elles s'étaient téléphoné et Mamou avait rassuré sa petite-fille qui semblait si anxieuse. Depuis, elle n'avait pas eu de nouvelles concernant le résultat de ces fameux enregistrements.

— Adam ne t'a rien envoyé ?

— Mais non…

— Ah oui, c'est vrai, on était jeudi et pas lundi et de toute manière, il m'a dit que votre accord, cela ne concernait que toi…

Mamou regardait l'adolescente… *Quel phénomène*, se dit-elle.

— Il est vrai que c'était moi qui avais promis de ne rien lui envoyer les autres jours de la semaine, mais…

— Oui, il m'a dit…

— Vous vous entendez bien, on dirait.

— Oui, mais il m'intimide toujours un peu, tu sais. Depuis que je sais que c'est lui le héros de ton livre… C'est bizarre, tout de même…

— Il ne faut pas te focaliser là-dessus. Depuis le temps…

— Depuis le temps… que tu l'aimes, c'est ce que tu veux dire ?

— Oui, mais surtout, depuis le temps que nous nous sommes rencontrés… Il y a si longtemps, tu sais. Et puis, maintenant, les choses sont calmes entre nous. On s'entend bien, et quand je vous vois Austin et toi, ça me…

— … met du baume au cœur ?

— Exactement… Donc ?

— Oui, donc, je vais chercher mon lecteur mp3, j'ai mis les fichiers dessus. Mais je vais te les envoyer tous les deux, tu verras comme c'est beau.

Ça, Mamou n'en doutait pas.

— Austin les a déjà entendus ?

— Bien sûr que non, c'est pour… ce soir…

— Ce soir ? Il se passe quelque chose de particulier ?

— Tu peux garder un secret ?

Myrtille frétillait. Elle avait tant envie de dire à sa grand-mère que c'était le grand jour, ou plutôt, la grande nuit ! Celle où leur amour tout doux prendrait de l'ampleur. Elle se tortillait un peu. Elle n'avait pas envie de lui dire que « c'était cette nuit-là qu'ils avaient décidé de coucher ensemble »… Cela lui semblait trop abrupt, pas assez « comme ils étaient, eux » et cela la dérangeait… Elle s'était interrompue… Elle allait employer l'expression qu'Austin chérissait.

— Ça va être le « grand mélange », dit-elle, en n'osant pas trop regarder Mamou.

— Le grand mélange ?

— Oui, des doigts, des bouches, des jambes et…

— Oh ! Mais c'est formidable, ça ! dit l'aïeule en prenant sa petite-fille dans ses bras.

Ce fut un déferlement d'émotions. Elle se dit qu'il n'était pas encore le moment de s'extasier sans que rien n'ait eu lieu. Elle prit sur elle, il ne fallait pas que Myrtille sente tout cela d'elle.

— Je ne te demanderai pas de me raconter, c'est votre intimité, mais si je peux te donner juste un petit conseil…

— Oui ?

— Protégez-vous. Tu ne prends pas la pilule, il me semble ?

— Non…

— Alors, j'espère qu'Austin aura prévu ce qu'il faut pour…

— Oui, j'ai compris…

— Vous en avez parlé ?

— Non, dit l'adolescente en baissant les yeux.

Ils n'avaient pas pensé à cela, absolument pas. Mais évidemment que si les choses allaient aussi loin, il faudrait qu'ils prennent leurs précautions.

— Chuis vraiment pas au point question de ça, dit Myrtille.

— Peut-être qu'Austin oui, tu ne peux pas savoir si vous n'avez pas abordé le sujet… Parle-lui-en, tu verras bien.

— Tu es toujours de bons conseils… Ce ne sera pas facile parce que…

— Quand on est grand et moins amoureux que vous l'êtes, on a davantage les pieds sur terre !

Mamou souriait. Les choses se passeraient bien, c'était certain. Et heureusement qu'elle avait abordé le sujet sans gronder, de manière respectueuse et pas dévalorisante, genre « tu vas faire une bêtise, et moi, la grande personne, je te dis que blabla… ». Elle n'était pas comme ça. Et c'est sans doute pour cette raison que Myrtille et elle s'entendaient aussi bien.

3. Une... nuit d'avril

— Alors, tout le monde sait où dormir ?

Le souper se terminait. Il était tard, et avec cette noce à laquelle les Bertin et Myrtille avaient assisté, on approchait vingt-deux heures. Personne n'avait mangé grand-chose... juste une portion de tarte aux légumes avec une petite salade.

Austin et Myrtille ne s'étaient pas regardés franchement durant le repas. Ils pensaient l'un comme l'autre à ce qui allait se passer quelques temps plus tard. Myrtille à ce qu'elle allait porter, Austin, avec la crainte de ne pouvoir enfiler un préservatif. Il en avait acheté une boîte avant que Myrtille débarque à Londres. Il en avait mis un, histoire de voir comment faire sans perdre de temps. Il aurait été moche qu'il soit maladroit devant Myrtille. Et puis, c'était une histoire de mec : pas besoin de faire des essais devant sa dulcinée... Il les avait choisis « goût fruits ». Il privilégierait fraise, mais il y avait aussi banane, évidemment, pomme verte et orange. Il était un peu inquiet... C'était tout de même quelque chose d'angoissant : serait-il timide ? Jusqu'à présent, il n'y avait pas eu de soucis de ce côté-là. Auraient-ils du plaisir ? Il l'espérait plus que tout. D'ailleurs, les prémisses avaient été plutôt encourageantes...

C'est Mamou qui donna le signal du coucher.

— Aujourd'hui, le couvre-feu sera un peu plus tard. Je pense qu'on peut dire vingt-trois heures. De toute manière, avec la journée chargée que vous avez eue, je suis certaine que vous ne tarderez pas…, dit-elle en faisant un clin d'œil à Myrtille.

Duncan esquissa un petit « Yesss ». Quant aux adultes, cela ne le concernait pas.

Les ados se levèrent de table.

— Faites un brin de toilette avant de vous coucher…, ajouta Mamou.

— Pas de soucis. On ne traînera pas, dit Duncan.

La salle de bain fut d'abord utilisée par ce dernier. Ensuite, ce fut Myrtille, qui se rafraîchit et en profita pour passer la jolie lingerie qu'elle avait achetée avec Clémence quelque temps auparavant. Elle remit son pyjashort par-dessus. Elle rejoignit son lit, dans « sa » chambre, celle qu'elle occupait en été. Pour terminer, Austin fila sous la douche. Il laissa couler sur lui l'eau tiède. Cela le détendit. Il passa, lui aussi un pyjashort dans la poche duquel il avait caché la petite boîte de préservatifs. Puis, il se dirigea vers la chambre de son amie après avoir entrouvert la porte de celle qu'il partageait avec son petit frère pour vérifier que celui-ci était bien endormi. Duncan était déjà dans les bras de Morphée…

C'est donc sans crainte qu'il rejoignit Myrtille au creux des draps…

Dans un premier temps, ils se turent. Ils ne savaient pas très bien comment entamer les choses…

— On se déshabille tous les deux ?

— Je préfère ne pas aller trop vite, tu vois, comme quand on s'est caressés les autres fois…

— OK… Je peux y aller le premier ?

— D'accord…

Austin, le cœur battant dans les tempes, commença par dégager une petite mèche des cheveux du front et des yeux de Myrtille pour la mettre derrière son oreille droite. Puis, il embrassa très légèrement la place découverte.

— Hmmmm...

— Comme ça ?

— Oui, chuchota la jeune fille. Continue...

L'adolescent s'appliquait : il avait débuté par le cou, remontant vers le lobe de l'oreille puis redescendant.

— Je peux te retirer le haut du pyjama, pour sentir... en dessous ?

— Oui, mais je voudrais d'abord un peu passer les doigts sous ton t-shirt à toi...

— OK...

— ...

— C'est doux... Attends, je vais l'enlever, ce sera plus facile...

— D'accord, je fais pareil...

Ce qu'il découvrit, sous l'habit, ce n'était pas la peau de Myrtille, mais un joli petit soutien-gorge. À balconnet, noir, avec de la dentelle et un peu rembourré. Austin regardait de tous ses yeux...

— Wahouuuuu... Mademoiselle a fait des frais...

— Tu aimes ?

— J'adore... C'est joli comme tout... Et sous le short, c'est dans la même veine ?

— Tu veux regarder ?

— Avec plaisir...

Ni une ni deux, Myrtille se retrouva en sous-vêtements.

— C'est tout aussi joli. J'ai envie de te... manger.

Il se retint juste à temps. Ce qu'il avait envie de lui dire, au plus profond, c'était qu'il avait envie de la bouffer, des pieds à la tête. Le ventre, les seins, entre les jambes...

Partout. Mais non… on avait le temps. Rien n'urgeait. Lentement. Mamou avait dit « lentement ».

— Tu peux me lécher et puis, quand tu auras fait le tour, je me f… mets toute nue, si tu veux…

Elle aussi, elle s'était retenue. Ce qui lui avait presque échappé, c'était qu'elle allait se foutre à poil et qu'elle avait envie de sa bouche et de ses doigts partout sur elle et en elle.

Ils se caressèrent longtemps, lentement. Austin était torse nu. Myrtille, de ses lèvres, agaçait un téton à peine durci. Austin passait et repassait les doigts entre les cuisses de la jeune fille. De temps en temps, ils s'arrêtaient. Myrtille constatait l'érection de son ami, contenue de plus en plus difficilement dans son short de pyjama. Elle souriait, mais elle ne disait rien. Elle était un peu anxieuse de la suite des événements. Austin aussi, d'ailleurs. Il avait peur…

— Je me déshabille tout à fait, tu veux ?

Myrtille lui fit signe qu'elle était d'accord. Elle n'avait jamais vu un homme nu en vrai. Son frère était trop grand pour qu'ils prennent leur douche en même temps. Quant à son père, elle ne se rappelait plus l'avoir vu en tenue d'Adam. En pensant à cela, elle rit : cette expression était tout de même comique ! Elle imaginait son père avec la tête de celui d'Austin.

— C'est marrant ? J'aurais préféré que tu sois… émerveillée !

— Non, c'est pas ça qui me faisait rire.

— Dis ?

— Je pensais à l'expression « tenue d'Adam »…

— Et ?

— Et j'imaginais mon père avec la tête du tien.

— Hahaha ! Oui, c'est vrai que ça peut prêter à rire, t'as raison. On… continue ?

— Oui…, dit Myrtille en prenant une grande inspiration.

— Tu veux me toucher un peu ?

— Ce qui grossit, tu veux dire ?

— Oui… Je vais te dire comment j'aime, d'accord ?

— OK. Je pense que j'ai déjà vu un peu comment tu faisais pour te caresser…

— Mais si tu préfères, je guide ta main, comme tu avais fait la fois passée, tu te souviens ?

Bien sûr qu'elle se souvenait. C'était le premier jour de son séjour à Londres. Elle avait pris ses doigts et lui avait fait sentir l'endroit où il devait la caresser…

Austin avait la main de Myrtille dans la sienne… Il la faisait monter et descendre lentement sur son sexe raide. Puis, alors qu'il était déjà très dur, il lui demanda de « le prendre en main » vraiment.

— Emprisonne-moi dans ta main. Voilà…. Hmm, fit-il en soupirant. Ne t'arrête pas, serre un peu plus.

La jeune fille était sur la réserve.

— Je ne te fais pas mal ?

— Si tu penses qu'en me caressant gentiment comme ça, j'ai mal… Tu peux même serrer encore plus et aller plus vite.

— Comme ça ?

— Orgh, c'est trop bon. Continue…. Continue… Rhoo, je vais venir… Arrête, stop… lâcha-t-il brusquement.

— Ça… ça ne va plus ?

— Si, mais tu vas me faire venir trop vite et je n'ai pas envie comme ça…

— …

— Je veux que tu en profites… Je veux que ça dure et qu'on prenne notre pied tous les deux en même temps… Je vais faire redescendre un peu et je vais m'occuper de toi… Tu veux ?

— Bien sûr…, dit Myrtille. D'ailleurs, je vais te faciliter l'accès à…

— À ?

— L'endroit, tu te souviens ?

Oui, qu'il se souvenait. Elle lui avait envoyé un petit mail sur Skype quelque temps auparavant pour lui dire qu'elle avait « trouvé » ce fameux endroit. Il n'avait compris que le vendredi précédant cette nuit. C'était cette petite place qu'elle avait masturbée et qui l'avait fait jouir… Elle ôta son string — c'était ce qu'elle avait finalement décidé de porter, la culotte étant moins sexy. Austin avait commencé par jouer avec la lisière du sous-vêtement, s'aventurant à peine contre son pubis. À présent, ils étaient vraiment excités, l'un comme l'autre. D'ailleurs, elle était nue, le joli soutien-gorge avait valsé et il était temps que les choses avancent.

— Tu continues de me caresser ? Tu veux que je remette tes doigts à l'endroit, demanda-t-elle, un peu haletante.

— Oui, répondit-il de la même manière.

Les caresses reprirent, celles d'Austin, évidemment, mais celles de Myrtille aussi. Ils étaient très doux, l'un comme l'autre, attentifs au souffle de leur complice, à ses réactions. Lui, au fait qu'elle soit de plus en plus mouillée et elle, à celui qu'il durcisse et grossisse plus encore.

— On peut essayer de… rhoo, je ne sais pas comment dire pour ne pas être vulgaire…

— Tu veux me… pénétrer ?

— Oui, c'est ça. Je cherchais un mot mais ça, c'est vraiment idéal comme manière de dire.

Myrtille se dit qu'il aurait peut-être dit qu'il avait envie de lui rentrer dedans, ce qui était, elle l'avouait, bien moins élégant, même si elle ne doutait pas que l'acte en lui-même soit très agréable.

— Prêt pour le grand mélange, alors ? dit-elle pour reprendre ses mots, la première fois où ils avaient abordé le sujet.

— Presque…

— Oh ?

— Je dois prendre quelque chose dans la poche du short de mon pyjama…

Alors, il avait pensé à cela… C'était vraiment parfait. Il était parfait…

Il ouvrit la petite boîte de préservatifs, choisit le goût-parfum fraise, déchira l'emballage, se retourna et assis sur le bord du lit, comme il s'y était exercé, et enfila le latex sur son sexe dressé.

— Voilà, jeune fille, je suis opérationnel ! dit-il fièrement en lui faisant face.

Il était debout, les jambes un peu écartées et il la toisait. Elle regarda le membre d'Austin en riant.

— Vous voilà paré, monsieur, pour m'honorer !

Ils rirent tous les deux. Il se souvenait d'un jour où elle l'avait invité à « rejoindre sa couche »… Elle était marrante. Et le fait de rire les détendit tous les deux…

— Bon, maintenant, on va voir si ce que j'ai pris comme info sur le net, ça marche, dit Austin, plus sûr de lui, à présent.

Il s'était dit que c'était vraiment le truc de l'enfilage qui lui posait problème…. Et comme les choses n'avaient pas été trop difficiles, il pensa qu'il était sur la bonne voie.

— Tu vas peut-être trouver ça bizarre, dit Myrtille, mais avant que l'on continue, je voudrais que tu écoutes quelque chose…

Elle se rendait bien compte que sa demande était étrange, qu'elle tombait comme un cheveu dans la soupe, mais… Elle se ravisa…

— Et puis, non. Comme je suis certaine à présent que tout va bien se passer, je te mettrai mes écouteurs sur les oreilles quand on aura joui tous les deux… Ce sera comme un petit dessert…

Ouf, pensa Austin !

Myrtille était couchée sur le dos, les cuisses écartées. Austin commença par lécher toute cette liqueur qui sourdait de son sexe. Il se dit qu'il n'aurait pas besoin de faire ça longtemps, qu'il pourrait entrer facilement… Il continua de passer la bouche contre le ventre puis les seins de la jeune fille en lui demandant si elle aimait. Était-ce utile ? Elle se tortillait et respirait vite.

— Je voudrais que tu viennes sur moi maintenant…

— D'accord. Je peux… entrer ?

— Oui, mais n'oublie pas que tu es le premier… Il faut y aller doucement.

— Oui oui, je ferai très attention.

Lentement, très lentement, Austin la pénétra. Il avait mis son gland latexé juste devant les lèvres entrouvertes de Myrtille. Il les écarta davantage du bout des doigts. Et puis, il poussa son bassin vers l'avant. Calmement. Comme il ne sentait aucune résistance, il continua. Il entrait très délicatement. Il avait peur, à un moment, de ne plus être capable de se maîtriser. C'était difficile mais il tenait bon. Toujours lentement, avec beaucoup de précautions.

— Aïe…, lâcha Myrtille de manière étouffée.

Et ce fut tout. La jeune fille était excitée et impatiente. Elle était très serrée aussi.

— Tu peux te détendre un peu sinon, je vais jouir trop vite.

— Ah ? Mais je fais comment ? Tu es si excité que ça ?

— Relâche-toi, que je puisse bouger un peu plus…

— D'accord, je vais essayer…

— Je ne te fais pas mal ?

— Non, ce n'est pas « mal », c'est… je ne sais pas comment dire…

— …

— Dérangeant… tu vois, un corps étranger à l'intérieur de moi…

Oui, il voyait… Il comprenait. Mais l'enserrement qu'il ressentait n'était pas facile à gérer…

— Tu penses que tu es très loin à l'intérieur de moi ?

— Non, je ne pense pas… Il faut vraiment que tu te relâches…

— OK… Ne bouge plus, alors…

Elle respira profondément. Elle reprit ses esprits. Et lentement, Austin avait arrêté de bouger en elle, elle se réappropria son corps. De plus en plus, elle se détendait, elle sentait mieux le sexe d'Austin à l'intérieur d'elle. Elle appréciait sa dureté et ne le ressentait plus comme un « corps étranger »…

— C'est plus facile, à présent.

— Ouiiiiii….

Ils se laissèrent aller vraiment… Il bougeait sur elle, en elle. Elle en profitait totalement, maintenant. C'était délicieux. C'était si doux. Bien davantage que ce qu'elle aurait pu imaginer…

À un moment, Austin cessa d'être doux, enfin, il ne parvenait plus à l'être. Les va-et-vient s'étaient faits plus rapides. Plus profonds aussi. Et puis, il alterna : presque à l'entrée, très rapidement, plusieurs fois, et puis, une pénétration plus longue, plus profonde et plus lente. Il reprit la manœuvre une fois, une fois encore. C'était aussi bon pour l'un que pour l'autre.

Myrtille était à présent totalement détendue. Elle le sentait aller et venir en elle. De temps en temps, il s'arrêtait, caressait l'endroit du majeur droit, puis reprenait ses mouvements.

La jeune fille lui attrapa les fesses. Elle voulait le sentir tout, tout contre elle. Très loin. Sentir son ventre contre le sien, son torse contre ses seins, sa bouche qui soufflait. Il lui chuchotait qu'elle était délicieuse, que c'était comme il l'avait imaginé et même mieux, qu'il aurait voulu que ça dure toujours comme ça, qu'il se sentait si bien, si heureux.

Et puis, l'explosion. Les frictions avaient été efficaces. Myrtille et Austin avaient les corps moites alors qu'on était en avril et qu'il ne faisait pas encore aussi chaud qu'en été, sous la tente. Il y eut deux grands frissons. Austin sentit qu'il se répandait et Myrtille fut parcourue d'un long sanglot très profond. Elle avait envie de pleurer de bonheur… Elle ne savait pas remettre ses idées en ordre tant elle était submergée par l'émotion.

Elle ne pensa pas immédiatement « on va remettre ça dès qu'on le pourra ». C'était confus. Elle était heureuse, tellement heureuse. Elle n'avait jamais imaginé que « faire l'amour », le « grand mélange », c'était ça. Elle ne savait pas à quoi s'attendre, en fait… Enfin, là, elle avait apprécié au-delà de tout ce à quoi elle avait rêvé. Sans doute parlerait-elle à Mamou de leur expérience mais sans tout raconter. Ne pas entrer vraiment dans les détails. Plutôt quelque chose du genre de ce que sa grand-mère avait dit : « Je vais te parler de mes ressentis mais pas de techniques particulières. » Elle avait été avisée en n'ayant pas donné de précisions. Pouvoir faire preuve d'imagination, guetter les signes du plaisir dans le regard et le corps de l'autre, c'était drôlement plus chouette que de suivre les instructions d'un quelconque « manuel de baise ».

— Tu m'avais parlé d'un dessert... et tu sais que je suis gourmand... Alors, c'est quoi ? Tu me dis ?

— Oui, répondit Myrtille, encore sur un petit nuage. Attends, je dois aller chercher quelque chose que j'ai préparé exprès pour toi...

Il ne savait pas de quoi il s'agissait... Il en profita pour ôter le préservatif à la fraise, le nouer à l'extrémité, le mettre dans un mouchoir en papier. Il s'en débarrasserait quand il en aurait l'occasion : inutile de conserver cela comme une relique !

— Quand je t'aurai mis un écouteur dans l'oreille, tu me prendras dans tes bras ? Histoire qu'on soit vraiment proches quand tu écouteras..., lui demanda Myrtille.

— D'accord, répliqua Austin.

Son iPod n'était pas loin, dans la poche du pantalon qu'elle avait porté pour la noce d'Adèle et Nicolas. Elle mit l'écouteur gauche dans l'oreille gauche d'Austin et garda le droit pour son oreille droite à elle.

Une intro toute douce et très courte... au piano... *Tiens, quelque chose que je ne connais pas*, se dit le jeune homme.

Je connais par cœur...

La voix de Myrtille au creux de son oreille. Cette voix qui lui parlait de lui, de ses yeux, de sa peau, de ses sourcils, de son ventre, de ses cuisses... et puis qui évoquait leur amour naissant, sa gourmandise à lui... C'était joli, tendre et délicat. Le piano collait très bien au texte. Il se dit qu'il aurait dû, lui aussi, préparer quelque chose pour elle. Il y avait bien pensé, mais cela ne s'était pas concrétisé. Il fallait qu'il y réfléchisse, c'était urgent. Il continuait d'écouter la voix charmante. Il appréciait l'accompagnement au piano. C'était un coup de Mamou, certainement.

Imperceptiblement, il avait commencé à la bercer. La chanson durait à peine trois minutes.

— Je nous la remets ? proposa-t-il quand on fut à la fin.

— Oui, tu veux ?

Ils la firent repasser une fois de plus... Et là, Austin la câlina davantage.

Ils se sentaient bien dans l'après-orgasme. C'était agréable, doux et ils s'endormirent avant la fin de la chanson. Autant d'émotions, c'était beaucoup pour un seul jour. D'abord le fait que Myrtille fasse la connaissance de Marine, l'héroïne des *Frissons Nocturnes* de Mamou, la noce durant laquelle elle s'était bien amusée et puis, cette nuit, le grand mélange...

4. Les bonnes choses ont une fin

Ce que Myrtille pensait, après ces étreintes avec Austin, c'était qu'à présent, il n'y aurait plus de surprises entre eux, que tout avait été dit. Pourtant, elle savait que son ami n'était pas quelqu'un qui papillonnait et aussi qu'ils étaient amoureux et que ce n'était pas parce qu'ils avaient passé ce moment magnifique que plus rien ne serait meilleur que « ça ».

Austin pensait un peu pareil « on s'est tellement approché du soleil que… ».

En y réfléchissant chacun de leur côté, ils parvinrent à la conclusion que non, que c'était plutôt le contraire. Qu'à présent, quelque chose d'un peu secret et de, surtout, très particulier les liait.

Elle bouillait d'impatience de raconter à Mamou. Mais elle voulait d'abord que les choses soient claires dans son esprit. Oui, elle avait envie que cela continue avec Austin, évidemment. Oui, elle avait ressenti des choses magnifiques, pas qu'avec son corps, avec son cœur aussi, et son esprit. Cela avait été des explosions de toutes parts.

En se réveillant dans les bras d'Austin, elle se dit que c'était ce qu'elle allait faire : être sûre d'elle avant de parler à Mamou et surtout à son amoureux…

— Tu as bien dormi ?

— Comme une masse. Mais je ne t'ai pas dit : ta chanson, elle est vraiment adorable… Enfin, je dis « ta chanson », mais…

— Oui oui, il y a du Mamou là-dessous. Au départ, c'était quelque chose d'elle. D'ailleurs, sur ce que tu as entendu, c'était ses doigts.

— Mais ?

— J'y arrive. Tu sais, la fin de la chanson, c'était triste, tellement triste. Ça parlait d'ignorances, de séduction ratée, enfin, c'est comme ça que j'avais compris le truc... Et comme cela ne nous concernait pas, j'ai préféré changer les paroles pour que ça nous corresponde à nous deux.

— C'est drôlement bien fait, en tous cas. C'était vraiment trop chou, ton dessert...

Ils se regardaient, à présent.

Elle se souvenait de pratiquement tous les mots avec précision :

Je connais par cœur
Tes gestes si précis
Tu déballes mes cadeaux avec tant de minutie
Je connais par cœur
Tes regards blessés
Quand d'insouciance pour moi tu te laisses bercer
Je connais par cœur
Ces petits bonjours
Quand je te ferai la cour

Ce qui lui semblait le plus terrible, c'était ces fameux regards qui restaient vains... Comment les choses avaient-elles pu être aussi douloureuses pour sa grand-mère ? Comment avait-elle vécu cet amour dans des conditions si compliquées ?

Austin, par contre, ne savait pas exactement quelles phrases Myrtille avait écrites exprès pour lui... Il se rappelait juste de certaines choses comme la gourmandise de ses baisers alors qu'il n'était encore qu'un adulte en devenir et aussi le sourire tendre, les regards discrets, la chaleur de ses bras et la douceur de ses doigts et puis, ce souhait d'être contre lui, de ne pas être abandonnée… C'était émouvant et tendre, comme ce qu'il éprouvait tout au fond de lui. Bien sûr, il aurait toujours envie d'être fougueux, mais son amie et lui étaient si jeunes… Il n'avait pas envie de passer pour un chiot fou. Du moins, pour le moment. Lentement mais sûrement. D'ailleurs, il était à peu près sûr que s'ils s'étaient pressés, tout aurait été différent. D'abord, il n'est pas certain qu'il aurait pu pénétrer Myrtille aussi aisément. Et auraient-ils eu autant de plaisir ? Sans doute pas, non.

Myrtille était toujours contre lui, nue…

— Tu voudrais qu'on remette ça ce matin, osa-t-il sans vraiment la regarder.

— J'aimerais, oui, mais je suis certaine que vous vous mettez en route tôt et…

— Tu veux juste mettre ta main là, pour me sentir ? lui demanda-t-il d'un air un peu suppliant.

— Allez, c'est bien parce que c'est toi. Je ne vais pas me saisir ?

— Mais non, enfin… Enfin… à toi de juger…

Il avait saisi les doigts de Myrtille et les avait amenés jusqu'à son pubis. Son membre était dur, de ces duretés matinales, au réveil. La jeune fille eut un petit sursaut.

— Oh, coquin, lâcha-t-elle.

— On peut essayer quelque chose ?

— Oui, dis-moi…

— Retourne-toi.

— Ah oui ?

Myrtille était étonnée. Elle s'exécuta et le jeune homme vint se plaquer contre elle. Elle le sentait à présent, très raide, à la hauteur de ses fesses. Il n'essayait pas de se frayer un chemin entre elles. Juste une petite pression… C'était délicieux. Quand il commença d'onduler et de lui chuchoter qu'elle était belle et désirable, elle sentit l'excitation grimper à toute allure. Elle avait beau avoir été repue le jour précédent, elle avait à nouveau envie d'être comblée. Elle n'eut pas besoin de lui demander de mettre sa main à « l'endroit » : il le fit spontanément. Il la caressa un peu, lentement et puis, très vite, il changea de rythme Ses doigts appuyaient tantôt contre son clitoris, tantôt entre ses lèves.

— Je pense que je ne vais pas tarder à…

Le souffle d'Austin avait accéléré. Celui de Myrtille suivait.

— Sorry… Oh, vraiment, désolé… Je vais chercher des mouchoirs en papier, s'excusa le garçon.

L'adolescente se retrouvait avec le bas du dos un peu poisseux. Elle avait les joues très rouges et elle riait.

— OK, mais ne traîne pas…

C'est de très bonne humeur qu'ils rejoignirent la table du petit-déjeuner dominical. Ils avaient pris une douche, chacun à leur tour. Austin avait réintégré sa chambre pour s'habiller. Par bonheur, Duncan sommeillait toujours. Il fut juste un peu étonné que son aîné ait les cheveux encore mouillés.

— On est le matin, là ?

— Ben oui…

— Tu t'es levé il y a longtemps ?

— Non, pas vraiment. Mais j'avais besoin d'une bonne douche, histoire de me réveiller tout à fait…

— On part à quelle heure, tu sais ?

— Je pense que papa m'a dit que notre avion décollait en début d'après-m...

— On n'a pas trop le temps, alors...

— Juste une douche et déjeuner et puis...

— Il sera temps de quitter ta chérie... Eh ouais, c'est la vie, mec !

— Mais arrête... Ce n'est pas gai, quand tu me vannes comme ça...

— C'est vrai, non ? Il va falloir que tu abandonnes Myrtille...

— Pas l'abandonner, non, ça, certainement pas... Il y a Skype et puis, on se retrouvera certainement dans pas longtemps...

— Motivé, le gars...

— Effectivement.

— Vous vous aimez tant que ça...

— Oh, oui, qu'on s'aime. Du moins, moi, je l'aime. Pour elle...

— Si j'en crois ce que je vois, termina Duncan, elle t'aime pareil, tu sais, tu n'as pas de soucis à te faire à ce niveau-là...

— Bon, tu te lèves, fainéant ?

— Ouais, ça va, j'arrive. Va réveiller ta princesse...

Austin souriait. Sa princesse, sa Myrtille, il avait fait mieux que la réveiller : ils avaient passé une nuit d'amour, blottis l'un contre l'autre et ce matin encore... C'était vraiment magnifique ce qui lui arrivait, qui *leur* arrivait.

Il frappa à la porte de la salle de bains.

— T'es prête ?

— Oui, dit une voix au travers de la porte en question.

— Je t'attends ou je descends déjà ?

— Comme tu veux…

Il choisit de ne pas l'attendre. Il avait vraiment trop faim et il n'avait pas envie des regards curieux de ses parents s'ils étaient arrivés Myrtille et lui ensemble.

C'est un peu rouge et les cheveux toujours humides qu'il s'installa à table. Papou et Mamou étaient déjà dans la pièce à vivre mais seuls. Quand Austin les rejoignit, l'aïeule le regardait avec un sourire très doux. Ce qui s'était passé cette nuit, pouvait-elle le lire sur son visage ? Il essaya de ne rien montrer, mais il n'avait aucune idée du fait que le but soit ou non atteint.

— Bien dormi ? demanda Papou, sans le regarder.

— On dort toujours bien dans la « grande maison », répondit Austin.

— Tant mieux, dit Mamou en jetant un coup d'œil amusé à son filleul. Prêt pour le voyage, alors ?

— Oui…

Myrtille descendit à son tour et les rejoignit.

— Et toi, ma jolie, bien dormi ? interrogea l'aïeule.

— Comme Austin, on dort toujours bien ici, surenchérit-elle.

Ce ne fut qu'un quart d'heure plus tard – Austin était remonté dans sa chambre pour tirer Duncan du lit –, que Mamou et Myrtille se retrouvèrent rien qu'à deux dans la cuisine. Mary et Adam avaient rejoint la salle à manger et Adam parlait avec Papou.

— Aurais-tu quelque chose à me raconter ? demanda la grand-mère à sa petite-fille.

— Je suis… tellement heureuse, Mamou, si tu savais….

Oh oui, elle savait. Elle et son amoureux avaient fait le grand saut dans l'inconnu : le désir et son aboutissement, avec délice. Leur histoire était comme une réparation à celle de l'aïeule. Tout cet amour qu'elle aurait voulu donner à Adam et le fait que rien ne puisse se passer à cause de la différence d'âge d'abord, celui aussi qu'elle soit mariée et que l'homme ne voulait pas être responsable d'une quelconque rupture. Du fait aussi, qu'il y a de nombreuses années, presque trente, il ne ressentait pour elle que de la méfiance et qu'il avait préféré l'ignorer et ignorer ses sentiments... Et à présent, c'était son fils, talentueux musicien, qui avait ravi le cœur de sa petite-fille qui lui ressemblait tellement.

— On prendra le temps d'en parler très vite, quand on sera retournées en Belgique.

— Oui...

Elle se rendait compte qu'elle vivait leur amour comme s'il s'agissait d'Adam et elle.

Mamou ouvrit les bras et Myrtille s'y précipita... L'une comme l'autre était très émue. Une jolie suite se profilait...

5. Comme un retour...

Les vacances de Pâques étaient terminées et la vie reprenait son cours tranquillement. Enfin, pas si tranquillement que cela. Les évaluations de fin d'année d'Austin et les examens de juin de Myrtille étaient toujours au programme.

Pour Austin, outre les branches « générales », il y avait aussi l'instrument, l'harmonie au clavier, domaine dans lequel il excellait grâce aux conseils de Miss Bee, et même s'il n'y avait pas à proprement parler de cours de musique de chambre, il savait que le travail en petits groupes était particulièrement apprécié. Il avait dégotté un clarinettiste et ils avaient l'intention de provoquer la surprise pour leur petite présentation ; ils allaient proposer des impros sur un thème de Schumann. La partition initiale était prévue pour hautbois et piano. Ils allaient exécuter la mélodie telle quelle une première fois et ensuite, des variations improvisées pour la suite. L'un comme l'autre voulait susciter l'étonnement et les ados avaient envie de recevoir des applaudissements de leurs congénères et de leurs profs respectifs… Il y avait donc des répétitions à organiser. Contrairement à leurs évaluations instrumentales qui avaient lieu juste à la fin des cours théoriques, les sessions de musique d'ensemble, comme on les appelait, se déroulaient en toute fin d'année scolaire, histoire de donner l'occasion aux musiciens de travailler plus librement et de manière détendue. Les prestations avaient lieu au moment de la proclamation des résultats, mi-juillet. Parents, famille et amis étaient bienvenus.

Pour Myrtille, c'était plus contraignant : oui, elle réussissait en général très bien, mais cette année, elle s'était focalisée sur ses cours avec Nico, ses répétitions de chansons avec Austin, les enregistrements. Elle avait pris un peu de retard par rapport à l'année précédente, et puis la matière tout en n'étant pas plus vaste, était plus difficile à maîtriser. Elle avait encore à lire un roman en anglais, une présentation à faire en histoire-géo avec Clem et un commentaire à rédiger sur deux récits d'une centaine de pages parlant… d'amour romanesque… *Romanesque*, disait son prof de français, *à ne pas confondre avec romantique*. Bon dieu, cette phrase était ressassée à tout bout de champ par cette chère madame Marchin qui voulait donner à ses élèves une solide formation littéraire.

Pour le moment, Myrtille était face à son ordi. Elle allait commencer par établir un petit plan d'action pour son étude. Elle se souvenait avec nostalgie de son séjour dans la « grande maison » l'été précédent. Austin et elle avaient fait une liste de ce qui les tracassait. Et puis une autre rédigée à Londres. Ensuite, leurs setlists, quand ils préparaient leurs petits concerts…

Elle avait les yeux un peu perdus : l'écran de veille de son ordi, c'étaient des photos d'Austin. Classe, au mariage d'Adèle et de Nicolas. Plus décontracté lors de son audition trimestrielle. Assis au bord de la piscine de la « grande maison » avec les cheveux humides. Avec Duncan. Avec Adam, aussi, chacun à leur instrument. Cette dernière, c'était Mary qui l'avait prise et la lui avait envoyée. Les hommes de la famille avaient joué quelques mélodies lors d'une fête de famille ; la détermination mêlée d'une certaine douceur émanait de leurs visages se ressemblant tellement.

Myrtille se dit que c'était cette photo qui lui plaisait le plus. D'habitude, elle ne voyait pas Austin quand il l'accompagnait puisqu'il était derrière elle. Ils se jetaient des petits regards de temps en temps, mais c'était juste pour « s'accorder », pour les départs, les fins, et quelquefois durant les chansons, histoire de se rassurer l'un l'autre.

Elle soupira, ouvrit un classeur Excel et nota dans la première colonne tout ce qu'elle avait à faire d'ici mi-mai. Il lui restait trois petites semaines pour boucler le tout. Ce serait juste. Peut-être sa mère pourrait-elle l'aider un peu pour le commentaire de récits romanesques. Elle demanderait à Mary de vérifier si son résumé en anglais tenait la route. Quant à la présentation avec Clem, il suffisait qu'elles s'arrangent pour se voir un mercredi après-midi et le tour serait joué : elles se répartiraient le boulot et se verraient encore une fois pour convenir de qui parlerait de quoi…

Établir cette petite liste lui clarifia les idées.

Le signal de Skype se fit entendre. Et elle vit le joli visage d'Austin apparaître dans le coin inférieur droit de l'écran de son ordi. Sans hésitations, elle « décrocha ».

— Hey ! Tu vas bien ?

— Yesss, et toi ?

— Pareil… Je dois te parler d'un truc. T'as un peu le temps ?

Myrtille avait les joues rouges. Elle était heureuse de retrouver ce jeune homme qu'elle aimait tant.

— Vas-y, je t'écoute, répondit-elle sans hésiter.

Austin lui demanda simplement si elle avait des projets pour le début du mois de juillet. Il se doutait que Myrtille lui poserait question sur question : elle était curieuse et n'avait pas sa langue en poche.

— Bah, écoute, on a cours jusque début juin, ensuite, exams quinze jours. Et puis, ce sont les jours blancs et le trente juin, délivrée ! Tu me demandais ça pourquoi ?

— Nous aussi, on a cours comme ça. J'ai peu d'examens, mais le treize juillet, c'est la procla et… on donne un concert. Alors, si ça te tente de prendre l'Eurostar et…

— Pour venir t'applaudir ?

— Oui, voilà.

— Faut que je demande à maman… Tu sais si tes parents sont invités à la « grande maison » comme l'an dernier ?

— Aucune idée, mais à mon avis….

— Oui… ?

— Comme l'an dernier, ça s'était plutôt bien passé, à mon avis, répéta-t-il, il n'y a pas de raison qu'on ne vienne pas, tu ne crois pas ?

Myrtille souriait : elle se souvenait de tout ce que cette semaine avait connu comme jolis moments. Les beaux yeux d'Austin, les nuits sous la tente, la lecture des *Frissons Nocturnes* de Mamou et ce grand mystère qui entourait le petit roman. Et puis, et surtout, toute cette musique qui enveloppait les familles et ce fameux concert qu'ils avaient préparé ensemble.

— Hoho ! Tu rêves ?

La voix d'Austin était rieuse. Effectivement, la jeune fille était plongée dans ses souvenirs. Plongée n'était pas le terme exact : soulevée, plutôt !

— Tu veux que je sonde un peu de mon côté ? demanda-t-elle à son ami.

— Pourquoi pas ? Comme tu as Mamou dans ta manche…

— Arrête un peu de me vanner… Mais oui, je le ferai.
Je l'interrogerai plutôt que maman. Ce sera plus facile.
Et puis, si on peut s'arranger pour passer une semaine
complète ensemble…

C'était à Austin de sourire. Oh oui, il y aurait encore
des moments magiques, des doigts doux, et plus encore
que des doigts…

— Juste une dernière chose, ajouta Myrtille, et puis, je
me mets au boulot. Je voudrais faire un cadeau à Mamou.
Si je lui proposais de m'accompagner pour aller à Londres,
tu penses que…?

Elle avait laissé traîner sa voix exprès, juste pour donner
l'impression à Austin qu'elle lui demandait son avis. Alors
que dans le fond, ce qu'elle venait de sous-entendre, c'était
pratiquement un projet. Elle voulait que Mamou retrouve
le papa d'Austin, qu'elle puisse passer un moment avec lui,
seul à seule. Elle savait que quelque chose les liait, quelque
chose de fort. Elle savait combien sa grand-mère était
encore émerveillée par Adam. Elle voulait « provoquer »
les choses, aider à… Elle ne savait pas à quoi, mais il
fallait qu'elle agisse. Elle ne parlerait pas à Austin de ses
intentions ni de ce qu'elle envisageait : elle préférait rester
discrète. Son ami savait que Myrtille cherchait toujours,
qu'elle avait découvert certaines choses, mais il ignorait
de quoi il s'agissait réellement. Juste des soupçons, rien
de certain.

— Eh bien, je vais sonder papa. Je te ferai signe dès que
j'ai du nouveau…

— D'accord. Merci pour tout…

— Mais non, Myrtille, c'est bien naturel. À très vite.

— Tu m'embrasses ?

— Oui, je t'embrasse… J'ai hâte qu'on se retrouve, tu sais. Et si tout s'arrange, ce sera dans un peu plus de deux mois, si je compte bien…

— Oui, c'est vrai…

— Allez, je retourne à mes notes. Tu devrais faire pareil avec tes cours ! Bye.

— Je t'embrasse, Austin…

Le petit bruit de « conversation terminée » se fit entendre ; Austin avait raccroché.

Déjà Myrtille entrevoyait comment elle allait manœuvrer. D'abord, attendre les nouvelles d'Austin qui devait interroger Adam. Ensuite, persuader Mamou de passer quelques jours entre elles deux. Elles en profiteraient pour aller à Londres… Sauf que la demoiselle n'annoncerait rien à l'aïeule. Elle allait demander de l'aide à sa maman et puis…

Elle était heureuse. Elle aimait faire des projets pour elle et rendre les autres heureux. Il fallait qu'elle imagine quelque chose pour que Mamou et Adam puissent passer du temps seuls. Après toutes ces années, elle savait que le grand secret de l'aïeule la touchait toujours. Elle savait aussi que cela concernait le papa d'Austin. Et à présent que les familles étaient à nouveau en contact et eux, Austin et elle, amoureux comme pas permis… Il fallait tenter quelque chose pour que sa grand-mère et cet homme se retrouvent, ou plutôt, « se trouvent » enfin.

Elle termina son tableau Excel avec les périodes d'études qu'elle avait en tête. Elle irait le montrer à Elisabeth et lui demander ce qu'elle en pensait. Elle espérait qu'elle aurait de l'aide si quelque chose venait à clocher…

Il restait à peine trois semaines avant que les choses sérieuses commencent pour Austin et elle…

6. Mails en mai

Salut Elisabeth,

C'est la proclamation des résultats d'Austin mi-juillet et je comptais inviter Myrtille pour l'événement. Tu serais OK ? Je pense qu'il y a des prix abordables pour l'Eurostar pour le moment, mais il ne faut pas traîner...

Et si on invitait B., par la même occasion, histoire qu'elle voie son filleul à l'œuvre ?

Merci de me répondre rapidement.

Bonjour chez toi et à bientôt.

Adam

Hello !

On va vérifier pour le train, mais non, pas de soucis, je sais que chez toi, Myrtille sera entre de bonnes mains.

Je lui demande de t'envoyer un mail dès qu'on a les horaires. Tu peux juste me préciser la date ?

Et pour maman, pourquoi pas ?

Merci.

Elisabeth

La procla a lieu le treize juillet. Mais elle est la bienvenue dès le onze ou le douze. Faites pour un mieux.

— Myrtille ? Tu peux descendre ? Des nouvelles de Londres…

L'ado descendit les escaliers à toute allure.

— Oui ?

— C'est encore un de vos arrangements avec Austin ?

— De quoi ?

— D'aller passer quelques jours à Londres ?

— Mais non, répondit la jeune fille en prenant un air scandalisé.

— Alors, c'est son papa qui aura eu la bonne idée de…

Myrtille était impatiente.

— … de t'inviter pour la proclamation des résultats de son fils…

Oh, comme Myrtille était heureuse ! Elle souriait à s'en décrocher la mâchoire.

— Et j'irais… toute seule ?

— Oui ! Pourquoi cette question ?

— On pourrait faire une surprise à Mamou, non ?

Elisabeth regarda sa fille en relevant un sourcil :

— Une surprise à Mamou ?

Elisabeth était pensive. Son phénomène de fille aurait-il des dons cachés d'extra-lucide ?

— Je devrais un peu réfléchir, continua Myrtille, mais… ce serait chouette qu'on aille faire du shopping à deux à Londres, non ? Et puis, il y a certainement l'un ou l'autre musée qu'elle aimerait visiter. Mais seulement, il faut tenir notre langue. Pour que la surprise soit vraiment de taille, ne pas vendre la mèche. En parler à Papou et…

— Oh, je te vois venir, jeune fille… Tu vas t'allier ton grand-père ?

— Oui, dit Myrtille en baissant les yeux. Je… pourrais, tu penses ?

— Mais oui, répondit Elisabeth. Tu sais combien il a toujours à cœur de lui faire plaisir. On va s'occuper de ça au plus vite. Je vais consulter les horaires et les prix des trains et aussi renvoyer un mail à Adam pour lui dire que c'est OK et que tu ne seras pas seule…

Myrtille souriait. Elle était remplie du plaisir de faire ces projets les incluant elle et sa grand-mère. Finalement, Austin ne lui avait pas fait signe, mais ce n'était pas grave en soi : tout avait l'air de s'arranger. Il faudrait juste l'aide de Papou pour que la surprise reste secrète le plus longtemps possible, mais que Mamou soit heureuse de la manière dont leur séjour se déroulerait.

Après avoir consulté les horaires de train, il était possible qu'elles arrivent à Londres vers midi. La proclamation avait lieu à seize heures pour les gens du niveau d'Austin. Mais avant cela, il y avait les pièces à deux ou trois instrumentistes et Myrtille n'aurait voulu louper ça sous aucun prétexte.

Elle s'arrangea par mail avec Papou qui lui confirma que oui, son épouse adorait les musées, particulièrement la National Gallery. Il lui expliqua comment s'y rendre. Accords furent pris. Mamou ne serait au courant de rien. Il faudrait juste qu'elle prenne un bagage léger pour trois jours. Papou avait en tête que le 15 juillet, ils se retrouveraient tous à la « grande maison ». Il allait falloir la jouer serrée, comme on dit. D'habitude, Papou et Mamou s'y rendaient ensemble. Sans doute que cette année, ce serait un peu différent, mais c'était pour la bonne cause.

L'homme envoya à son tour un mail à Adam afin d'organiser le petit séjour londonien. Mamou serait accueillie chez le couple du douze au quatorze. Ensuite, elle prendrait l'avion avec Myrtille et la famille d'Austin. Papou et Alexandre viendraient chercher tout ce beau monde à l'aéroport. Ce dernier prendrait en charge « les jeunes » !

Tout avait l'air d'être bien prévu ! Il ferait croire à Mamou qu'il souhaitait qu'elle parte plus tôt dans la « grande maison » afin de l'apprêter pour l'arrivée de leurs invités. Elle serait accompagnée de Myrtille. Ce qu'elle ne saurait pas, c'est qu'elle ferait un crochet par Londres.

Quand tous les accords furent pris, Papou mit sa petite-fille au courant. Celle-ci était aux anges, évidemment. Son grand-père était juste un peu inquiet qu'elle puisse tenir sa langue…

Un SMS de Myrtille pour Austin :

Victoire : chez vous du douze au quatorze juillet et Mamou sera là !

Austin contemplait avec plaisir les quelques mots de son amie. Il se demandait si une semaine à la grande maison était prévue, mais c'était presque obligé.

***

Il ne restait à Austin que quelques cours de piano avant l'épreuve finale et puis il pourrait se concentrer sur cette pièce de Schumann avec le clarinettiste, Léo.

Depuis l'épreuve en avril, il avait bossé une autre pièce de Bach, moins difficile. C'était une sarabande extraite d'une partita, lente, majestueuse mais légère. Sa professeure lui avait expliqué que les trilles devaient être très serrés et que c'était cela, entre autres, qui rendrait l'exécution précise, carrée et très élégante. *Surtout, ne pas manifester d'emphase ou de pathos*, avait-elle ajouté. Il y avait un très long trille dans la deuxième partie. Il fallait à tout prix le gommer pour entendre la mélodie se déroulant à l'autre main. C'est ce passage qui donna le plus de mal au jeune pianiste. Il comprenait très bien comment cela devait être exécuté, mais ses doigts n'étaient pas encore assez agiles pour que cela coule sans véritable contrôle alors que la main gauche devait jouer cette petite basse de manière très claire.

Il y avait aussi une pièce de Debussy, ce compositeur dont il avait travaillé le *Menuet* de la *Petite Suite* avec Mamou. Ici, c'était un morceau tout en douceur. Juste deux pages. Comme une flûte qui improvise des petites arabesques. Par certains côtés, cela lui rappelait la manière dont son père jouait du sax : des envolées délicates ou parfois plus lourdes mais toujours dans la mesure. Ces petites notes à la main droite coulaient avec facilité : son professeur lui avait donné quelques consignes au niveau des doigtés et comme il « comprenait » les accords de la main gauche, les enchaînements lui paraissaient évidents. C'était vraiment de la jolie musique. C'était ce qu'il jouait quand il voulait se laisser porter par le son et les harmonies. Il pouvait s'abandonner au rêve, à ses pensées pour Myrtille...

La troisième œuvre qu'il travaillait, c'était une « petite étude sans prétention » comme la qualifiait son professeur. Et c'était vrai : techniquement, c'était bien plus simple. Le caractère vif, les accents et autres phrasés à ajouter étaient les seules vraies difficultés. Les notes ne l'étaient pas vraiment. Katchatourian. Soigner l'énergie, ne pas marteler. Cela pouvait faire son petit effet si c'était bien interprété, et avec le jeune homme, aucune crainte à avoir : tout était toujours ressenti jusqu'à la plus petite nuance. C'était une chance de ne pas avoir à se battre avec quelqu'un de cet âge.

Le temps s'écoulait paisiblement. Austin avait enfin l'impression de pouvoir respirer. Bien sûr, il y avait encore les autres cours à bosser, mais le garçon n'avait jamais eu de difficultés dans les matières plus théoriques comme les maths, la littérature anglaise, les sciences...

Il attendait avec impatience que son épreuve de piano ait lieu afin d'en être débarrassé et de pouvoir enfin se consacrer à cette collaboration avec Léo. Il avait déjà bossé la partie pianistique. D'abord, dégager la structure, ensuite, les modulations et les harmonies. Il avait un peu improvisé sur quelques phrases. Il avait hâte de retrouver le jeune clarinettiste qui suivait des études de jazz. Ce qu'il aurait voulu, c'était montrer à ses parents, surtout à son papa, qu'il faisait plus que « se débrouiller » au clavier niveau impro. Adam serait fier de lui, il se l'était promis. Il se disait que même si sa chère Myrtille serait tout ouïe pour cette présentation, celui qu'il avait vraiment à cœur d'épater, c'était son saxophoniste de père.

***

C'est rassurée que Myrtille entama sa session d'examens à elle. Son petit planning lui avait grandement facilité les choses. Les commentaires de textes avaient été emballés en peu de temps : comparer un récit de Jane Austen avec quelque chose de Colette. Comment se situaient-elles dans leur temps ? Quels étaient les thèmes abordés dans leurs écrits ? Quelle place donnaient-elles à la femme ? Des questions qui permettaient aux lectrices de se rendre compte de l'évolution de la condition féminine. Cela les forçait à réfléchir. Pour ce qui était du roman en anglais, il n'était pas trop long, et comme un film en avait été tiré, ce ne fut pas trop difficile. Elisabeth dit à Myrtille qu'il était préférable qu'elle rédige d'abord le résumé et qu'ensuite, elle pourrait visionner le film. C'était une histoire d'ado vraiment touchante. Sans doute qu'Austin avait dû le lire pour l'école aussi. Sauf que lui, de par les origines de ses parents, il était bilingue. Quelle chance, il avait… Pour ce qui était de la présentation avec Clémence, elles avaient convenu de se retrouver un mercredi après-midi : elles dîneraient ensemble et puis bosseraient une heure ou deux, histoire de se répartir les tâches au niveau des recherches et de la rédaction de l'exposé. Et puis, il y aurait encore une autre mini-séance afin de décider qui dirait quoi. Elles avaient dans l'idée de se poser des questions pertinentes l'une à l'autre et de se répondre. Ce serait ça, leur présentation. Elles y ajouteraient quelques touches d'humour. Il leur restait à programmer une après-midi pour tester cela d'abord entre elles, ensuite devant les parents de l'une ou l'autre…

Le temps passa très vite. Après les travaux rendus et la présentation avec Clem, il ne « restait » plus que deux semaines d'exams, une broutille. Sa relation avec Austin lui avait donné des ailes. Ils ne se parlaient pas sur Skype mis à part le samedi en début de soirée, pour se donner des nouvelles de leurs prouesses scolaires. Austin avait l'air d'assurer aussi. Il n'avait pas osé parler à son amie de ce trac monumental qui l'avait envahi lors de son examen de piano. Il avait un peu bousillé la sarabande, mais The *little sheperd* de Debussy était passé comme une lettre à la poste, de même que l'étude de Katchatourian. Quant à Myrtille, elle gérait, comme elle disait ; elle était même certaine d'avoir une belle moyenne.

Tout allait pour le mieux. On était le vingt-huit juin. Myrtille, Marin et leurs parents étaient allés chercher les résultats des ados. Pas de procla pour eux : ils n'étaient pas dans une école artistique au sein de laquelle aurait été organisée une vraie remise des prix. Chacun avait une moyenne tout à fait honorable et c'est tout sourire que Myrtille envoya un SMS à Austin pour lui dire qu'elle avait bien réussi. Il lui proposa de la rejoindre sur Skype. Elle n'avait qu'à lui faire signe, il serait à la maison à partir de dix-huit heures.

— Voilà, chuis là ! écrivit Myrtille, reprenant la petite expression d'Austin.

— Bravo, mademoiselle. Content que tu aies assuré… Alors, le prochain projet, c'est…

— Qu'on se retrouve… Oh oui, comme j'ai hâte !

Ils papotèrent en ligne un peu plus d'une heure. Austin voulait savoir quand sa Myrtille arriverait précisément, à quelle heure, et surtout quel jour. Des arrangements avaient été pris, mais il restait presque quinze jours avant leurs retrouvailles et depuis le début des examens, ni Myrtille ni Austin n'en avait parlé. Papou, pareil, il préférait rester discret concernant ce genre de détails : Mamou était souvent proche de lui et il était difficile à l'aïeul de s'isoler pour consulter les horaires de l'Eurostar et réserver quoi que ce soit. Un jour, n'y tenant plus, on était le premier juillet, il envoya un mail très court à Elisabeth :

Impossible pour moi de réserver pour Londres. Tu peux le faire ?

C'est donc de cette manière qu'ils procédèrent : Myrtille s'informa au sujet des horaires et des prix. Il fallait tenir compte des prix réduits pour les seniors puisque Mamou était déjà « pas mal vieille » comme disait l'ado. Juste prévoir un aller. Adam avait déjà pris des billets pour l'avion de Londres à Lyon. Il avait compté leurs deux visiteuses et se réjouissait de passer une nouvelle semaine en Ardèche.

Quelque part, il avait envie de retrouver cette ambiance familiale et chaleureuse. Chez ses parents, c'était différent. Son père était décédé de nombreuses années auparavant et sa mère était une personne plutôt sèche. Oui, elle aimait les enfants, mais il avait souvent eu le sentiment qu'elle était plus à l'aise avec ceux des autres qu'avec les siens. Il n'était jamais sûr d'être compris, aimé, et c'était peut-être pour cela qu'il avait tellement manqué de confiance en lui quand il était plus jeune. Ne jamais savoir ce qu'il « valait »… Et puis, il avait fait la connaissance de ces musiciens avec qui il avait fait un bout de chemin, de Marine, de Simon aussi, deux personnes qui avaient su déceler en lui ses qualités artistiques. Il se souvenait aussi de Mamou, cette B. qui était folle de lui, et de Papou qui le confortait dans ses projets photo et audios. C'était un couple soudé et compréhensif et il avait pu compter sur eux à de multiples reprises. Oui, il y avait eu cet écart avec elle, mais cela avait comme scellé les choses entre eux : même s'il savait qu'il demeurait le grand amour de cette femme, il était également conscient de son respect et du souci qu'elle avait de ne pas lui tenir rigueur de ce qu'il lui avait fait endurer pendant des années. À présent, il sentait, il savait qu'il se comportait en adulte. Cela rassurait Mamou et cela le rassurait tout autant. Il se souvenait de cette nuit hors du temps, de cette femme tendre, douce, qui lui avait donné tellement d'amour. Avec Mary, c'était différent. Bien que B. ait plus de vingt ans de plus que lui, ses yeux à elle étaient ceux d'une ado amoureuse. Et puis, quand il avait passé ces quelques heures, à aucun moment elle ne lui avait fait sentir qu'il était bien jeune, qu'elle en savait davantage que lui, que… Bref, il avait expliqué à sa future femme qu'ils avaient passé une nuit « hors du temps » et c'était vrai.

Plus jamais il n'avait ressenti ces éblouissements, ces dons de soi comme les lui avait prodigués B. Au fond de son cœur, il la chérissait, il s'en rendait compte… Il balaya ces idées et ces souvenirs d'un petit geste de la main et décida d'envoyer un mail à Papou pour lui parler de la manière dont le temps s'organiserait quand Mamou et Myrtille seraient à Londres : le fait qu'ils iraient « en famille » à la procla d'Austin et aussi des surprises dont Adam ne dit mot mais qu'il avait prévues pour les visiteuses… Il lui proposa même de s'occuper de prendre les billets de train, mais Papou lui répondit qu'Elisabeth s'en chargeait.

Et de fait, il reçut un mail de cette dernière précisant que l'heure d'arrivée des voyageuses, à midi. Comme l'aïeule ne pouvait pas savoir pour Londres, la maman de Myrtille avait choisi un train qui démarrait de la gare du midi à peu près à la même heure qu'un train partant vers le sud de la France. Ces arrangements fictifs, c'était simplement pour donner le change si Mamou venait à chercher leur trajet sur le site ferroviaire.

Papou commença par lancer l'idée que ce serait chouette si Mamou et Myrtille partaient le onze juillet afin d'ouvrir la « grande maison » comme il disait : remplir les armoires et le frigo, vérifier la piscine et le linge de lit… Comme le papa d'Elisabeth était retenu jusqu'au quinze, ce serait l'occasion pour les premières arrivantes de passer trois jours ensemble. Pas de Marin dans les pattes… Papou prendrait la route le quinze aussi avec les quatre autres cousins. Et finalement, Mamou était si heureuse d'avoir la paix des hommes et de se retrouver avec sa petite-fille préférée qu'elle sauta à pieds joints dans la proposition de Papou. Elle écrivit un long mail à Myrtille dans lequel elle parlait du trajet en train et des jours qu'elles passeraient ensemble.

7. Derniers préparatifs

Myrtille était fébrile. C'était le grand jour. Alexandre, son père, avait fait un crochet par le domicile de Papou et Mamou, et c'était lui qui conduirait grand-mère et petite-fille à la gare. Elles n'étaient pas lourdement chargées. Comme ce que portait Mamou était en général fort classique, il n'avait pas été utile de lui dire de prendre une tenue spéciale. Par contre, en ce qui concernait Myrtille, elle avait prévu deux petites jupes et des hauts cintrés. De la jolie lingerie aussi, mais ça, c'était pour les nuits – on ne savait pas comment les choses pouvaient tourner. Une paire de chaussures confortables et d'autres, plus habillées. Il fallait faire honneur à Austin et sa famille !

Quel ne fut pas l'étonnement de Mamou quand Alexandre lui confia les billets d'Eurostar !

— Mais qu'est-ce qu'il se passe ? demanda-t-elle mi-amusée, mi-anxieuse.

— C'est une proposition d'Adam, dit Myrtille en souriant.

— Ah ?

Les yeux de l'aïeule s'étaient mis à pétiller. Heureusement, Alexandre était trop occupé avec les bagages pour se rendre compte de quoi que ce soit. Ils se remplirent de larmes. Myrtille assistait, un peu impuissante, à ce déferlement d'émotions. Elle prit sa grand-mère par le coude.

— On va laisser papa s'arranger avec nos valises, tu veux. Viens, j'ai entendu l'annonce du train : il est déjà à quai. On va aller s'installer…

Mamou la regarda, reconnaissante, et prit le mouchoir en papier que sa petite-fille lui tendait.

— On aura le temps d'être émues dans le train, lui chuchota l'ado.

Elle aussi aurait eu besoin d'un mouchoir. Bien sûr qu'elle était heureuse de retrouver Austin, mais voir l'effet de leur surprise sur sa grand-mère, c'était vraiment le plus beau remerciement que celle-ci aurait pu lui faire. Et puis, cette dernière allait retrouver Adam, cet homme qu'elle aimait toujours.

Alexandre, une valise dans chaque main, les précéda jusque sur le quai. Elles le débarrassèrent de leurs bagages et entrèrent dans le wagon où leurs places étaient réservées. Myrtille hissa leurs valises dans les filets prévus à cet effet tandis que Mamou accrochait sa veste marine. Elles s'assirent ensuite l'une en face de l'autre et c'est seulement à ce moment que Mamou parla…

— Donc, on va… à Londres, ma jolie ?

— Mais oui, on va retrouver nos hommes….

— Oh, dit Mamou, mais je t'interdis bien de parler d'eux en ces termes. Enfin, pour ce qui est du tien, oui. Quant au mien… c'est Papou et tu le sais…

— Oui, je le sais, mais le papa d'Austin, c'est aussi ton homme, non ?

— Oui, sauf que moi, je ne suis pas « sa » femme…, dit Mamou un peu tristement. Et je ne le serai jamais, d'ailleurs, continua-t-elle.

— C'est vrai, mais…. Je vais te dire…

Myrtille était plutôt empêtrée, à présent. Bien sûr, elle ne voulait pas enjoliver les choses, mais c'était tout de même Adam qui avait proposé que Mamou assiste à la procla d'Austin. C'était peut-être tout simplement parce qu'il estimait que les familles avaient été séparées trop longtemps. Elle se lança à l'eau.

— C'est pourtant Adam qui a eu l'idée que tu viennes, tu sais… Il y a la procla d'Austin et…

— Voilà la raison pour laquelle j'ai été invitée, dit la grand-mère. Je doute que le papa d'Austin ait eu d'autres raisons que la fierté d'un père pour son fils…

— Ah bon ?

— Ne penses-tu pas que ta maman serait fière si tu suivais sa voie ?

— Oui, mais Austin ne suit pas la voie d'Adam, si ?

— Austin est talentueux, doué, même pour la musique. La seule chose qui diffère d'Adam, c'est que celui-ci aime l'ombre, et qu'Austin brille dans la lumière. Tu comprends ?

— Oui, je vois ce que tu veux dire… Adam, il est secret. Et Austin, moins que lui, c'est ça ?

— Austin se laisse porter par le public et je pense qu'être en scène, ça a toujours un peu terrorisé son père…

Elles échangèrent encore un peu au sujet de ces hommes qui avaient tant d'importance pour elles et puis Mamou demanda à Myrtille si elle savait ce qui se passerait durant leur petit séjour. Ce à quoi l'ado répondit qu'il y avait la procla, et que pour le reste, elle avait été tenue dans l'ignorance… Cela devait être vrai, sinon, il était certain que Myrtille n'aurait pas tenu sa langue.

***

Austin avait accompagné son père pour aller chercher Mamou et Myrtille à la gare. Il n'avait plus vraiment à cœur d'attendre. Quand les Belges descendirent de l'Eurostar, elles furent accueillies avec autant d'empressement l'une que l'autre. Myrtille se précipita dans les bras d'Austin. Quant à Mamou, elle saisit la main qu'Adam lui tendait pour l'aider à descendre du train et ne la lâcha pas une fois sur le quai. Elle la posa contre sa joue puis leva les yeux vers les prunelles écume de l'homme. Il y avait tant de tendresse dans ce regard que l'homme battit des cils en souriant.

— Vous avez fait bon voyage ? demanda-t-il. Allez, Austin, bouge-toi un peu. Ne laisse pas ces dames porter leurs bagages…

L'adolescent desserra son étreinte et s'empressa de saisir les valises « de ces dames » en riant. Myrtille et lui engagèrent une conversation concernant leurs résultats scolaires respectifs. Mamou et Adam avaient repris le contrôle de leurs émotions. L'aïeule aurait voulu garder un peu les doigts de l'homme entre les siens, mais cela n'était pas de mise. Ils marchaient donc côte à côte en se frôlant de temps en temps. Les autres voyageurs plus pressés qu'eux les obligeaient à une certaine proximité, ce qui ne les dérangeait nullement.

Le petit groupe rejoignit rapidement la voiture d'Adam. Les bagages furent mis dans le coffre et on prit la route. Le trajet parut court. Ils avaient tous tant de choses à se raconter…

Austin et Myrtille étaient installés derrière. Il y avait des petits rires, des bruits un peu mouillés de baisers. Adam et Mamou parlaient plus fort : l'homme était curieux de savoir ce que l'aïeule avait pensé de l'enregistrement de

Myrtille. Ils arrivèrent en vue du cottage des Bertin un peu après treize heures. Un bon dîner typiquement anglais les attendait. Il n'était pas fréquent que Mary cuisine, mais elle voulait faire honneur à leurs invités et surtout à Mamou qui les régalait lors de leurs séjours dans la « grande maison ». Il régnait donc une bonne odeur de friture quand ils pénétrèrent dans la maison.

— Oh, super, t'as préparé des *fishs and chips*, hurla presque Austin.

Myrtille sourit. *Toujours ce « cri de l'estomac »*, pensa-t-elle. Heureusement que le jeune homme pouvait manger ce qu'il voulait sans prendre un gramme. Austin monta les bagages. Les invitées partageraient la même chambre, l'endroit où avait dormi Myrtille lors de son séjour précédent. Il était certain que si elle souhaitait rejoindre son ami pour passer un petit moment blottie au creux de ses bras, Mamou n'y verrait aucun inconvénient.

La famille se mit à table rapidement. Ils dînèrent, prirent le dessert et parlèrent de ce qu'on ferait l'après-midi.

— Vous avez des idées précises ? lança Adam.

— J'aimerais aller à la National Gallery, dit Mamou.

— Et moi, faire du shopping, ajouta Myrtille.

— OK, je joue les taxis, annonça Adam. Je suppose que tu es de la partie, dit l'homme en se tournant vers Austin.

— Bien sûr. Je guiderai ces dames, comme ça, tu ne dois pas trouver où stationner... Tu bosses au studio aujourd'hui ?

— Oui, en effet. En soirée.

— On prendra le train pour rentrer.

Mamou était contente. Elle aimait le Kent et le traverser en partie de cette manière lui plaisait assez. De plus, comme on était en juillet, il faisait clair plus longtemps. Ils en profiteraient vraiment.

Ils se remirent en route. Adam les déposa à Regent Street, histoire de commencer par le shopping cher à Myrtille. Suivrait la visite du musée. Mamou voulait aller voir les impressionnistes. Puis, Austin proposa à ses invitées de prendre une boisson fraîche dans un bar près de la National Gallery. Ils reprirent le train comme prévu. Mamou était curieuse de savoir ce qui se passerait le lendemain.

— Le matin, je dois répéter une dernière fois avec Léo, expliqua Austin. On fait ça chaque matin depuis dix jours…

— Mais tu as fini tes examens, il me semble ? dit Mamou, curieuse.

— C'est pour présenter lors de la procla de demain.

— Oh, tu vas jouer ?

Myrtille était heureuse que sa grand-mère s'intéresse à tout ça.

— Oui, mais je pense que vous aurez une surprise…

— Ah oui ? Qu'avez-vous travaillé ?

— Du Schumann…

Le garçon n'en dit pas plus. Mamou ne voyait pas très bien ce que Schumann pouvait avoir de surprenant, mais bon, elle ne demanda plus rien…

8. Vive les vacances !

Le retour au cottage des Bertin se passa sans encombre. Le trio était fatigué mais heureux. Après un bon souper et une soirée au cours de laquelle on avait parlé musique, sons et enregistrements et où pas mal de souvenirs avaient été évoqués, Mamou et Myrtille rejoignirent leur chambre.

— On parle un peu ? demanda Myrtille.

— Tu aurais des choses à raconter ?

— … Ben, en fait, je voudrais aller dire bonsoir à Austin. Tu vois ? Donc, j'irai me laver et puis, pendant que toi, tu passes à la salle de bain, je le rejoindrais…

Mamou regardait la jeune fille avec un petit sourire amusé. Elle se retrouvait tellement en elle.

— Et je suppose que je peux, que… je dois prendre mon temps ?

— Voilà.

— Eh bien… je te dirais… que…

— Allez, Mamou, dis oui, supplia Myrtille.

— Mais oui que je dis oui… Va donc prendre une bonne douche et puis je ferai pareil. Et comme j'ai mes cheveux à sécher, tu auras un peu plus de temps… Ça te convient ?

Myrtille lui fonça dans les bras. Comme sa grand-mère comprenait les choses sans qu'il soit utile de les préciser. Elle se sentait toujours comprise avec celle-ci et c'était bien plus facile qu'avec sa maman.

Elle empoigna son pyjama, des sous-vêtements de rechange et gagna la salle de bain. Mary avait préparé pour elle et Mamou essuies et gants de toilette. Après une douche rapide, elle ne prit pas le temps ni la peine de se sécher les cheveux, elle rejoignit Austin. Sa grand-mère se rendit à son tour à la salle d'eau, et quand les amoureux entendirent le petit verrou être fermé et l'eau commencer de couler, ils se regardèrent en se souriant tendrement.

— Viens là, tout contre, commença Austin.

— Comme tu m'as manqué… Comme j'avais envie d'être dans tes bras pour te respirer.

Austin était torse nu. Myrtille le regardait. Elle le trouvait si beau, si craquant. Elle se laissa aller contre lui et le garçon, n'attendant que cela, mit son bras gauche autour de ses épaules. Elle semblait si frêle… Ils s'embrassèrent gentiment. Austin lui caressait le cou, descendait un peu dans l'encolure du pyjama.

— Tu veux que je retire ça ? demanda Myrtille sans ouvrir les yeux.

— Ça me plairait pas mal, oui…

Le haut du vêtement de nuit vola au pied du lit. Comme lors de leurs dernières étreintes dans la chambre d'Austin, Myrtille était nue dessous. C'était bien pratique, ces pantalons à poche : on pouvait y glisser ce qu'on voulait, en l'occurrence, un petit soutien-gorge et une culotte tout mignons.

Les ados se câlinaient et se câlinaient encore avec douceur et tendresse. C'était ce que Myrtille préférait. Leurs doigts frôlaient des petites places intimes. Leurs langues s'effleuraient, se goûtaient… Leurs mains distillaient des caresses délicieuses. On entendait des petits rires et des soupirs étouffés. Et puis, très discrètement, deux petits coups furent frappés à la porte de la chambre du garçon.

— J'ai fini, Myrtille, chuchota la voix de Mamou.

— Depuis combien de temps s'occupe-t-on l'un de l'autre ? soupira la jeune fille.

— Oh, presque vingt minutes, répondit Austin en jetant un coup d'œil à sa montre.

— Ça m'a paru super court…

— À moi aussi…

— Je ne vais pas faire attendre Mamou… C'est enrageant, mais bon, je pense que d'ici moins d'une semaine…

— On sera dans la « grande maison » ou… sous la tente, je sais.

— On sera bien…

— Bon, je te chasse d'ici. Demain, il y aura des surprises : d'abord la procla et le concert et ensuite…

— Ensuite ?

— Tu verras, dit Austin, en clignant. J'ai bien le droit d'avoir mes petits secrets, non ?

Ils échangèrent un dernier baiser, Myrtille enfila son petit soutien-gorge, remit le haut de son pyjama et sortit du lit d'Austin. Mamou avait déjà rejoint leur chambre. C'est pratiquement sans faire de bruit que l'adolescente se coucha et que l'aïeule lui demanda si elle avait été assez lente pour… Elle ne termina pas sa phrase.

— Oh, tu ne seras jamais « assez lente », murmura Myrtille.

— Vous aurez une semaine pour être ensemble, dit Mamou.

Sa petite-fille comptait bien là-dessus. Il fallait que ce grand mystère concernant sa grand-mère et Adam soit éclairci par Austin. Elle se disait qu'il n'avait vraiment pas les yeux en face des trous, que l'amour de l'aïeule pour son père était si manifeste qu'il était vraiment aveugle pour ne se rendre compte de rien… Enfin, certains hommes sont comme ça : quand les situations les dépassent, ils les croient impossibles.

— Bonne nuit, ma grande, chuchota Mamou.

— À toi aussi, Mamou, fais de beaux rêves…

Pour ça, la grand-mère de Myrtille n'avait aucune hésitation : elle se trouvait sous le toit d'Adam… Ses songes seraient certainement emplis de lui, de ses souvenirs le concernant, de tous ces moments où il avait, à son insu, fait partie de sa vie.

Ni l'une ni l'autre ne tardèrent à s'endormir. Le lendemain serait une journée riche en émotions et en péripéties, elles en étaient certaines.

***

— Tu as rendez-vous avec Léo à quelle heure ? demanda Mary à son fils.

— Vers onze heures. On bosse une heure et puis on va manger un bout ensemble. Myrtille, tu m'accompagnes ?

— J'aimerais bien, mais… je pourrais laisser Mamou toute seule, tu penses ?

— On peut vous rejoindre vers quinze heures puisque la procla a lieu une heure plus tard. J'ai dans l'idée que nous aurons l'occasion de croiser Miss Bee et aussi ton professeur de piano, Austin, et je suppose que ton papa et Mamou voudront parler avec elles…

Mamou venait de rejoindre la salle à manger.

— Tout cela me semble parfait : m'entretenir avec tes professeurs, mon cher filleul, me fera bien plaisir… Alors, d'accord, Myrtille. Je resterai ici et j'arriverai plus tard, avec le reste de la famille.

— Papa vous conduira, dit Mary. Et puis, il reviendra nous chercher. On se serrera pour rentrer…

***

Il était quinze heures tapantes quand les Bertin rejoignirent le foyer attenant à la salle de concert de l'école d'Austin. Ils retrouvèrent Myrtille. Austin et Léo étaient avec les autres élèves qui présentaient une pièce avant la proclamation des résultats. Pour les étudiants de première année, c'était juste un « OK » qui était requis. Ils savaient que parfois, cela s'assortissait de commentaires, mais c'était tout à fait exceptionnel. Miss Bee et la pianiste qui donnait cours à Austin étaient déjà en grande conversation, un verre de jus d'orange à la main.

— Bonjour, madame, dit Adam en tendant la main au professeur d'Austin.

Celle-ci lui serra la main en souriant. Miss Bee regardait Mamou.

— Vous êtes « l'autre professeure d'Austin », dit-elle dans un français approximatif.

— Et vous, sa première professeure ? répondit l'aïeule dans un anglais tout aussi approximatif.

Les femmes se serrèrent la main. De larges sourires étiraient leur bouche.

— Vous avez fait du bon boulot avec lui, commença Mamou.

— Et vous aussi, dit le professeur de piano avec lequel Austin avait cours depuis presque un an. Parce que c'est vous, n'est-ce pas, qui l'avez fait travailler le *Menuet* de Debussy ? Et aussi la fugue de Bach…

— Effectivement. J'espère que je n'ai pas perturbé son apprentissage avec mes commentaires ?

— Pas du tout. Vos conseils étaient judicieux. Austin a fait pas mal de progrès. Et je pense même que vous aurez une surprise au moment de la proclamation des résultats. Nos routes à lui et moi se séparent…

— Oh, firent Adam, Mary et Mamou.

— Miss Bee et moi étions justement en train d'en parler…

— Devons-nous nous tracasser ? demanda Mary.

— Non, absolument pas. Je vous laisse la surprise.

Les parents Bertin et Mamou étaient un peu intrigués, mais comme le professeur de piano d'Austin leur avait assuré qu'il n'y avait rien de fâcheux et que Miss Bee souriait et souriait encore, ils se dirent qu'il valait mieux patienter, qu'ils seraient vite fixés.

Il était presque quinze heures quarante et comme le concert des étudiants allait débuter dans moins d'une demi-heure, Mamou, Myrtille, Adam, Mary, Duncan et Miss Bee prirent place au troisième rang, à gauche, afin de « voir les mains des pianistes ».

Après une brève allocution du directeur, le concert commença. Des petits ensembles : piano et violon, trio à cordes, guitare et chant classique. La famille d'Austin attendait sa prestation, mais… cela ne venait pas. C'était étrange. Ils avaient reçu un programme indiquant juste les titres des œuvres qui seraient entendues. La pièce de Schumann semblait perdue entre un air de Gershwin et une œuvre pour percussions et piano.

Et puis, ce fut le tour d'Austin et de Léo. Ils entrèrent en scène, très beaux tous les deux : tenue tout à fait classique et baskets. Léo tenait sa clarinette, Austin des partitions dont il déposa deux feuillets sur le pupitre de Léo et deux feuillets sur le pupitre du piano à queue.

Après un petit signe de Léo signalant qu'il était prêt à démarrer, Austin joua les premiers accords de la première romance de Schumann. Léo entra comme une fleur : le son de sa clarinette rond, velouté s'éleva. La salle retenait son souffle. Une phrase, une deuxième, encore une et puis, le piano continuait seul. Quand la clarinette entra à nouveau, de manière très insidieuse, l'accompagnement pianistique changea. Les arpèges se transformèrent en accords et certains de ceux-ci semblaient comme modifiés… Au plus le morceau se déroulait, au plus il perdait de son romantisme pour emprunter au jazz des sonorités plus complexes. Cela se manifestait au piano mais aussi à la clarinette.

Adam avait la bouche ouverte. Mais… son fils dérivait… Adieu les harmonies traditionnelles. Accords augmentés, rythmes de plus en plus vivants. La romance avait perdu son caractère un peu austère et figé. Ce qu'ils entendaient à présent, c'était du jazz, de celui que lui, Adam, jouait il y a des années et des années. Mamou aussi avait la bouche ouverte et les yeux brillants. Quel as, tout de même, son filleul.

Le morceau dura cinq grosses minutes. Léo jetait souvent des coups d'œil à Austin. Sa clarinette était légère, enlevée. Les doigts d'Austin s'envolaient de manière délicate ou plus présente. Quand ils mirent un point final à leur exécution, le public était sous le charme. Il fallut quelques secondes pour que tout le monde atterrisse, auditeurs et musiciens, et c'est Myrtille qui, tout à son plaisir, ne pouvant retenir son enthousiasme, applaudit à tout rompre en criant « Hourra, hourra ». Elle fut rejointe par les familles et amis assis dans la salle. Et l'ovation se termina dans la joie et les claquements de main. Ce fut un bon moment.

Austin vint rejoindre ses parents, son amie, Mamou et Miss Bee. Il était très rouge et ses yeux pétillaient de plaisir. Il s'assit entre Myrtille et sa grand-mère.

— Alors, ça vous a plu ?

— Oh, Austin, c'était FOR-MI-DA-BLE !

— Bien joué, dit Adam.

— Léo et toi, vous nous avez transportés, dit Mary.

Mamou ne disait rien, elle sentait qu'Austin ne se destinerait pas à la filière classique, que c'était pour cette raison que son professeur actuel avait dit que leurs routes se séparaient…

Il n'y avait plus qu'à attendre la procla et les commentaires concernant son filleul… Encore un peu de patience : il y avait trois petits ensembles qui devaient encore se produire. Et puis, on y serait.

On appela tous les musiciens ayant montré leurs talents sur scène pour un dernier salut. Ensuite, on fit venir les professeurs afin de les remercier pour leur travail et leur investissement avec leurs élèves.

Il était temps de passer aux choses sérieuses. Ouf, Austin serait nommé dans les premiers.

— Bertin Austin, piano. De très bons résultats tant au niveau des cours généraux que des branches musicales. L'an prochain, Austin rejoindra la filière jazz.

La professeure d'Austin le regardait en souriant. Adam était rayonnant. Mary expliquait à Duncan pourquoi cette nouvelle était si chouette. Mamou était très rouge : elle était heureuse à la fois pour Adam qui voyait en son fils son prolongement et pour Austin qui, même s'il avait fait de superbes progrès durant toute l'année scolaire, aurait été bien mieux dans la section jazz que du côté des « classiqueux ».

9. Comme un retour aux sources

Il faisait chaud. On avait allumé les grosses bougies sur la table du souper et les familles B. et T. s'étaient retrouvées dans la « grande maison ».

On était déjà le troisième soir de la semaine. Austin et Myrtille étaient assis l'un à côté de l'autre, évidemment. Marin et Duncan aussi. Ces deux-là avaient repris leurs escapades en vélo et leurs séances dans la piscine. Il y avait même un jour où ils avaient été complètement absents… Elisabeth et Alexandre n'étaient pas encore arrivés. Mamou et Mary, voisines à table, faisaient face respectivement à Adam et Papou. Ce dernier voyait les joues rouges de son épouse qui parlait avec son vis-à-vis. Elle ne changera jamais, pensait-il.

— Des projets pour demain ? demanda Mary aux ados.

— Nous, on va découvrir la région, dirent ensemble Marin et Duncan.

— Encore…, lâcha Austin. Mais vous allez bientôt pouvoir rédiger un guide touristique ajouta-t-il en faisant un clin d'œil à Myrtille.

Il se souvenait qu'il y a un an, c'était un bobard qu'ils avaient fait, la demoiselle et lui, pour justifier les moments nombreux qu'ils passaient ensemble : la mise en ligne d'un blog parlant du coin où se trouvait la « grande maison ». Personne n'y avait cru…

Il fallait que Myrtille et lui reprennent leur pseudo-enquête : qu'est-ce qui les liait, lui et les grands-parents de son amie ? Pourquoi était-il le filleul de Mamou ? Il y avait encore des zones d'ombre dans toute cette histoire. Myrtille avait l'air de savoir de quoi il retournait et lui, même s'il se doutait un peu…

— Nous, on bosserait bien sur un petit set pour un concert… T'en penses quoi, Myrtille ?

— On aurait le temps ?

— Mais oui. Puisque cette fois, on ne repart que le deux août.

— C'est vrai, surenchérit Adam. Et on loue une voiture pour remonter jusque Calais. Ça nous fera découvrir le paysage. Si on se met en route le 31 juillet ou le 1er août, on sera obligé de se taper les bouchons… Donc oui, il vous reste deux semaines.

— Et comme « vous êtes des bêtes »…, ajouta Duncan.

Tout le monde était heureux et détendu. Le souper se termina par un dessert glacé. Les ados rejoignirent qui sa chambre, qui la petite tente montée dans le jardin. Les grands restèrent encore un peu à table pour terminer leurs conversations en prenant du café et du thé.

***

— Ça fait quelques jours qu'on est ici et… t'aurais pas envie qu'on reprenne un peu nos « lectures » ? demanda Austin à Myrtille sans la regarder.

— T'as raison, maintenant qu'on est grands, qu'on s'est mélangés et tout et tout, répondit l'adolescente.

Elle le fixait avec curiosité. Oui, elle voulait recommencer de lire, elle voulait comprendre enfin le fond de cette histoire.

— Quand on aura terminé, je pourrai enfin faire parler Mamou, parce que j'ai bien des idées concernant ces

Frissons, mais je ne sais pas exactement ce qui est vrai et ce que j'imagine, acheva-t-elle.

— J'ai été chercher le bouquin au grenier. Heureusement que je l'avais mis avec le reste dans le bac *curver*...

Myrtille se souvenait des vacances précédentes, de ce qu'ils avaient découvert : le petit roman, les partitions, les grilles d'accords de chansons qu'ils connaissaient tous deux mais ne se rappelaient plus comment, les autres papiers... Tout cela devait avoir de l'importance pour l'aïeule. C'était sans doute pour cela qu'elle avait conservé ces choses depuis au moins vingt-cinq ans.

— Qui commence aujourd'hui ? Toi ? suggéra Austin.

— Ça dépend. Tu veux lire un chapitre précis ? Relire quelque chose qu'on a déjà lu ?

Austin se pinçait le menton d'un air un peu soucieux.

— On avait lu la fin, tu te souviens, avec les chapitres racontés par Marine et par Adam…. On pourrait peut-être commencer par ça. Oui, c'est étrange. Mais d'un autre côté, il me semble qu'on n'avait pas été jusqu'au bout parce qu'on était un peu gênés. Qu'est-ce que tu en dis, à présent qu'on est grands ?

Le garçon regardait son amie. Il n'avait plus l'air empoté comme quelques minutes auparavant.

— Je commence, dit Myrtille, puisque c'est d'abord « Bleue à son savoureux ».

La voix de la jeune fille s'éleva.

« J'aurais voulu que ce soit toi...

Toi qui aurais soulevé mon chapeau, qui en aurais libéré mes cheveux, qui aurais ôté mon écharpe, mes petits gants noirs et mon manteau ample. Ensuite, tu m'aurais regardée, un peu timide face à toi...

J'aurais frotté mes cuisses l'une contre l'autre, comme une invitation à tes mains... Tu aurais mordillé ta lèvre inférieure en plongeant tes yeux vert écume dans les miens, à la couleur incertaine. Nos regards, juste nos regards, se seraient mêlés.

Et puis, nous nous serions assis, l'un en face de l'autre, les coudes posés sur cette table.

Il y aurait eu tant de tendresse, de retenue, dans nos regards.

J'aurais voulu que ce soit toi... Toi qui, de tes doigts experts, aurais défait un bouton, puis un deuxième, de mon chemisier et libérant ma gorge, l'aurais embrassée pudiquement. Ensuite, tu m'aurais regardée, un peu timide, face à toi...

Je t'aurais encouragé d'un petit signe de la tête. Vas-y, mon savoureux, ne sois pas gêné... Déshabille-moi vraiment et possède-moi. Tu aurais battu des cils, tes cils si longs, si fins, châtain clair. Tu sais l'effet que ces battements ont sur moi... Et nos regards, juste nos regards, se seraient mêlés. »

Austin avait les yeux fermés. Il écoutait Myrtille religieusement. Non, ce n'était sans doute pas de cette manière que Marine, l'héroïne des *Frissons Nocturnes*, aurait lu le début de cet épilogue, mais peu importait, dans le fond. Elle faisait peut-être des effets de voix. Ici, c'était sobre, sans chichis. Il se laissait bercer, mais n'était pas prêt du tout à s'endormir...

Quand la lectrice arriva au bout des quelques pages, il ouvrit les yeux et la regarda intensément. Elle n'avait pas cillé, même en disant ces mots crus, étonnants dans la bouche d'une demoiselle. C'était du langage d'adulte, mais cela n'avait pas eu l'air de troubler son amie...

— Tu t'y colles, à présent ? dit Myrtille en lui flanquant le bouquin entre les mains.

Et c'est ce que fit le jeune homme. Timidement, bien davantage qu'elle. Il savait quelle serait la teneur des mots qu'il aurait à lire. Cela l'intimidait tout de même un peu.

Quand il arriva au passage qui parlait de la fellation que Marine faisait à Adam, sa voix se fit plus sourde. Il y avait de quoi :

« Tu as commencé par me branler, doucement. J'ai pris ta tête entre mes mains, je voulais être dans ta bouche, de toute ma longueur. Te sentir me lécher, me gober, m'avaler.

— Veux-tu que je te gâte, mon savoureux ?

— Pompe-moi, ma Bleue !

Ta bouche a toujours été divine. Et ta manière de sucer… magnifique. Tu es de celles, même si l'expérience me fait défaut, qui aiment le sexe. Il n'y a qu'à voir la manière dont tu t'occupes de mon membre avec ta bouche.

Tu es délicate, tendre, parfois plus sauvage. Jamais une main trop lourde, une langue trop pressée d'en finir. Tu t'occupes de moi parfaitement. Tu sais ce qui me fait frémir. Tu sais ce qui m'arrachera des gémissements. Tu sais quand je grognerai et ne pourrai plus gérer le plaisir. Tu connais les mots qui sortiront de ma gorge quand je jouirai. Jamais, au grand jamais, tu ne t'impatientes si l'orgasme est un peu plus long à venir… C'est attentionné de ta part. Parfois, je me fais figure de brute… Oui, je sais que tu ne me vois pas de cette manière. Pour toi, je suis la douceur incarnée, le calme. Mais si je perdais ce *self-contrôle*, celui que tu admires tellement, si, excité par tes caresses, j'étais incapable de dompter mes instincts les plus bas et que je devenais brutal sans le vouloir… »

C'était vraiment cru. Le volume de la voix du jeune homme diminuait de plus en plus.

« Oui, ma Bleue, je vais décharger tout mon foutre sur tes jolies joues, tes seins, ton nombril… Et puis, tu ouvriras les yeux. Tu me regarderas te sourire et avec une petite moue moqueuse, tu me demanderas si… je peux m'occuper de toi à présent. Tu es gourmande. Je sais bien que ma jouissance t'a ravie, je sais que tu prends ton pied à chacun de mes orgasmes. Mais je sais aussi que tu aimes être cajolée et traitée avec tendresse, attention. »

Le texte se terminait de la même manière pour chaque protagoniste de l'histoire.

« Nous le savons, nous le sentons. Le plaisir pris par chacun de nous est un cadeau que nous nous offrons.

Tu te demandes sûrement si… Oui, je t'aime, ma Bleue, ma délicieuse initiatrice. Et pour longtemps encore… »

À présent, tout était calme. Austin avait encore le livre en main quand Myrtille, lentement, fit descendre le pantalon de pyjama de son ami.

« Je peux ? » furent ces seuls mots. Elle commença par caresser très gentiment le ventre et puis le sexe du garçon, fourra son nez dans sa toison et puis avec une infinie délicatesse, prit en bouche son membre. Elle ne savait pas bien comment s'y prendre, même si le petit livre était explicite. Quant à lui, il était si surpris qu'il ne répondit pas. Il profita des caresses et de l'embouchage et quand il ne put plus tenir, lâcha d'un coup qu'il allait exploser et abandonna le livre qu'il tenait toujours dans la main droite.

Myrtille se recula rapidement tandis qu'Austin éjaculait copieusement sur son ventre.

— Wahouuuuu, on va te décerner une médaille…. Quel pied !

Le garçon n'en revenait pas vraiment. C'était si doux et en même temps tellement plein de sensations formidables. Il s'épongea le ventre avec les lingettes qu'il avait eu la présence d'esprit de prendre dans la salle de bain.

— Tu veux que je m'occupe de toi, à présent ? demanda-t-il à celle qui venait de le combler.

— Je pense que voir ton plaisir comme ça, ça m'a donné autant de bonheur qu'à toi… Mais si tu peux me prendre dans tes bras, je ne dis pas non.

Myrtille avait l'oreille contre la poitrine d'Austin. Elle entendait son cœur battre à tout rompre. C'était ça, son bonheur et son plaisir à elle. Elle s'endormit de cette manière, le visage tourné vers celui qu'elle aimait tant. Le garçon lui caressait les cheveux, dessinait l'arrête de son nez, ses pommettes, descendait dans son cou et puis recommençait. Quand la respiration de la jeune fille se fit tranquille, il ferma les yeux lui aussi. C'était peut-être ça le bonheur ?

***

— Alors, on devrait tout de même élucider ce fameux secret, non ?

C'était Austin qui, de sa voix grave, avait posé la question à Myrtille. Celle-ci ouvrait les yeux péniblement. Dehors, il faisait déjà tout à fait clair. Le soleil de juillet était présent. Normal, il était dix heures passé.

— Oh, tu m'as l'air bien pressé, tout à coup !

Ils se regardaient en souriant à présent.

— Oh la, là-dedans, on se lève ?

Ça, c'était Duncan qui s'était approché de la tente et qui rappelait les amoureux à l'ordre.

— Les vieux sont debout depuis perpète et ils ne vous ont pas attendus pour commencer de déjeuner…

— Et nous non plus, d'ailleurs…, ajouta Marin.

Austin et Myrtille les entendirent s'éloigner de la tente en marmonnant que c'était tant pis, qu'il ne resterait plus grand-chose à table. Ils sourirent.

— On vérifie chacun si l'autre est présentable ?

— OK ! Toi, ça va. Tes cheveux sont un peu fous, mais bon, ça ne change pas à d'habitude. Tire dessus. Voilà… Tu es presque parfaitement coiffée, dit Austin d'un air railleur.

— Et toi, tu devrais remettre le haut de ton pyjama dans le bon sens. Un haut de pyjama, je doute que ça se retourne tout seul, miraculeusement, tandis qu'on dort. Si ?

Ils sortirent de la tente et main dans la main rejoignirent la table du petit-déjeuner autour de laquelle tous les autres étaient installés.

— Ah, les amoureux ! Vous avez bien dormi ?

— Pas eu froid ? demanda Mamou en souriant à sa petite-fille.

Cette dernière lui fit un clin d'œil. Il y avait longtemps que Mamou savait que si Myrtille était dans les bras d'Austin, il était inutile de lui poser ce genre de question.

— Au fait, continua l'aïeule, j'aurais besoin de toi, ma jolie. Et aussi de toi, Austin. On a des rangements à terminer au grenier. Quand peut-on faire ça ? D'ici une bonne heure ?

— OK, acquiesça Myrtille. On mange, on va se doucher, on s'habille et on te rejoint.

— Comme ça, vous ? Vous allez prendre votre douche et vous habiller à deux ?

C'était Duncan qui avait lancé ses questions et Mary le fusilla du regard.

— Hey, frérot, arrête un peu ton char, dit Austin très sérieusement.

Adam assistait au manège sans rien dire. Il trouvait la situation un peu surréaliste, mais il suffisait qu'il regarde son aîné pour savoir que Myrtille le rendait totalement heureux. Et ce n'était pas l'air pincé qu'il affichait parce que Duncan le faisait marcher qui était vraiment significatif de son état d'esprit. Non, Adam voyait les yeux fiévreux de l'adolescente, il connaissait sa fougue, son impétuosité et il retrouvait tellement en elle tout ce qu'il craignait de Mamou auparavant qu'il se disait que si leur amour était partagé, c'était ce qu'il y avait de mieux pour chacun. Pour Myrtille et son fils, oui. Mais pour B. et lui aussi…. Les femmes de cette famille, tout de même…

Mamou, quant à elle, regardait les amoureux et aussi Adam. Elle aimait lire l'insouciance et le plaisir d'être ensemble dans les yeux des jeunes gens et l'air confiant du papa d'Austin vis-à-vis du couple.

— Eh bien, ça marche. Rendez-vous dans le grenier d'ici onze heures trente. Comme on a pris le petit-déjeuner tard, on dînera vers treize heures trente. Cela convient à tous ? Mary et Elisabeth, je peux vous demander de vous occuper du repas ?

Tout était arrangé…

Les secrets de Mamou

Ce fut Myrtille qui rejoignit le grenier juste après sa douche. Ses cheveux pourraient sécher à l'air libre. Elle portait un haut bleu ciel et un short écru. Et elle avait gravi les marches en bois d'un pied léger, chaussée de ses petites sandales en cuir bleu.

Mamou était installée au piano quart-queue. Elle laissait ses doigts courir sur les touches de l'instrument.

— Tu vas chercher le bac *curver* ? suggéra l'aïeule à sa petite-fille. Il y a des choses dont je voudrais te parler avant qu'Austin ne monte.

— Ce sont des choses que je dois garder secrètes ?

— Ce serait peut-être mieux, oui.

— Parce que ça concerne Adam ?

— Voilà…

— Et qu'Austin pourrait se choquer ?

— Oui, c'est tout à fait ça… Tu sais que cet homme, c'est un des grands amours de ma vie… Je vais te confier quelque chose que seuls Papou et Mary savent.

— Ah ?

Myrtille avait les yeux et les oreilles grands ouverts.

— Tu vois comme c'est secret ?

— Mes parents ne sont pas au courant ?

— Non. Je pense qu'ils ne sont pas à même de comprendre même si ta maman connait mes sentiments. Et puis, c'est une histoire ancienne, si ancienne.

— D'il y a combien de temps ?

— J'ai calculé que c'était un peu avant qu'Austin soit conçu…

— Ah oui, c'est vieux, alors… Et, il s'agit de quoi ? dit Myrtille en se mordillant les lèvres.

Mamou regardait ses mains, à présent. Ses mains ridées et un peu sèches. Ses doigts aux articulations noueuses…

— Alors, continua-t-elle, la gorge toute serrée, voilà. Adam et moi, nous nous sommes aimés, l'espace d'une nuit. Et… ne me coupe pas, Myrtille, ce n'est pas facile à dire, je ne te raconterai pas ce qui s'est passé dans les détails. Sache juste que c'était une nuit magnifique, hors du temps.

Je pense qu'il a dû se dire que ça clôturerait ma quête de lui et qu'ensuite…

— Qu'ensuite, vous n'auriez plus de contacts, que tout s'arrêterait ?

— Oui, je crois qu'il a pensé ça…

— Sauf que ça n'a pas été le cas, c'est ça ?

— Non, exactement. Ça a même été tout le contraire.

— Tu me racontes aussi ?

— Quelques mois après, c'était au début de l'été, je pense, et notre nuit, c'était en avril, le premier, Mary et lui nous ont invités à souper chez eux. Ils habitaient un joli petit appart au-dessus d'une librairie. Ils voulaient nous demander deux choses. D'abord, que Papou fasse les photos de leur mariage. Et ensuite, que moi, je sois la marraine d'Austin qui allait arriver en janvier…

C'était donc ça. L'histoire des « faux-cousins » avait cette origine.

L'escalier menant au grenier craquait à nouveau. Il était temps que les confidences les plus secrètes de Mamou se closent.

— Prends un siège, Austin. Et toi aussi, Myrtille, ajouta Mamou à sa petite-fille qui était restée debout à côté du piano. Maintenant, je vous parle de ce que vous avez mis dans le bac *curver*. Je vous dois bien cela. D'abord, je vous remercie pour les tris et les rangements que vous avez faits de mes souvenirs.

Mamou raconta cet engouement qu'elle avait eu pour les projets musicaux d'Adam, ce que Papou avait entrepris pour qu'enfin, elle puisse passer du temps avec le papa d'Austin. Elle omit le fait que Papou soit au courant de cette nuit particulière et que quelque part, il soit soulagé qu'elle ait passé ce moment avec cet homme qu'elle adulait.

Elle parla de la manière dont Adam l'avait inspirée pour ses romans – ainsi, il y en avait eu d'autres ! Elle parla aussi de la collaboration qu'Adam et elle avaient eue au niveau musical : leur travail ensemble sur ses chansons, en soulignant aussi que le saxophoniste lui faisait réellement cadeau de ces moments parce que ce n'était vraiment pas sa tasse de thé, le répertoire qu'ils bossaient. Elle confia aux amoureux qu'elle était tellement heureuse de « leur histoire », que même si Adam n'en parlait pas, elle savait qu'il était heureux aussi de voir que son fils et Myrtille s'entendent et évoluent aussi bien l'un et l'autre et surtout l'un avec l'autre.

Voilà donc pour l'explication du plan de scène, des chansons avec grilles d'accords, de ce mp3 qu'Austin et Myrtille avaient reçu, du petit roman *Frissons Nocturnes* et de sa ou ses suites, les photos bizarres... Il y avait encore les prospectus avec Adam et le domaine des grands-parents d'Austin, mais cela passa à la trappe.

Austin était étonné mais ne dit rien. Il voyait les yeux de Mamou et ceux de Myrtille briller. Il y avait une bonne dose d'émotions dans la conversation. C'était étrange, tout ça. Mais l'aïeule semblait soulagée. Il était certain qu'après toutes ces révélations, il ne regarderait plus son père de la même manière. Adam n'avait pas perdu quoi que ce soit comme crédit. Son charisme était intact. Cependant, si vous savez que votre parent s'est... « laissé aller » de cette manière, vous ne le voyez plus pareil qu'avant. C'est pour cette raison que Mamou avait été discrète avec Austin concernant ce point précis.

Et puis, se dit le jeune homme, *Mamou, elle devait ressembler à Myrtille quand elle était plus jeune...* Et il n'aurait pas été anormal que son père ait trouvé du plaisir à passer du temps avec la grand-mère de son amie. Elle était fameusement douée au niveau du piano. Et puis, l'admiration qu'elle portait à l'homme, c'était logique qu'il soit flatté, aussi.

— Bon, j'espère que les choses sont plus claires, à présent, termina Mamou. Vous avez rencontré Marine, vous avez vu Agathe et aussi Simon. Vous pouvez à présent mettre des visages sur les personnages de mes premiers *Frissons Nocturnes*. Et si vous avez envie d'en connaitre davantage sur leur histoire, je vous donnerai le suivant. Bien sûr, les choses sont romancées. Mais je sais, Austin, que ton père avait repris contact avec son premier amour pour ces histoires d'enregistrements. Il n'a pas dû vous en parler. C'est elle qui m'a raconté, de même que sa rencontre avec Arsène, le papa d'Adèle. J'ai imaginé pas mal… parce que j'aime ça, les histoires d'amour qui se terminent bien !

— Et moi, Mamou, si tu veux savoir, j'aime quand elles ne s'arrêtent pas. D'ailleurs, avec Austin…

Myrtille laissa la phrase en suspens.

Épilogue

Neuf ans plus tard...

Et non, les histoires d'amour de Mamou et d'Adam – même si celle-ci n'est pas réciproque –, et de Myrtille et Austin n'étaient pas terminées.

Les ados ont bien grandi. Ils forment à présent un vrai couple à la ville comme à la scène.

Adam et Mary sont entrés dans la cinquantaine avec tranquillité. Ils en sont presque déjà sortis, d'ailleurs... Durant quelques étés, ils ont encore passé des vacances dans la « grande maison » avec le couple T. Ils savent que le fait de voir encore Adam, pour Mamou, et de pouvoir applaudir les musiciens, ce sont des moments de bonheur et de temps en temps, ils assistent ensemble à leurs concerts.

Mamou est incapable de jouer du piano longtemps. L'arthrose paralyse ses doigts. Elle suit la carrière de son filleul et de sa petite-fille avec passion.

Papou s'est retrouvé seul au bout de sept ans : Mamou s'est éteinte après deux années de souffrance. Un méchant cancer la rongeait. Souvent, son mari et compagnon de vie a pensé que c'était tout cet amour retenu, contenu, pour Adam et dont celui-ci ne voulait pas qui avait pris la forme de cette maladie.

Les enfants et les petits-enfants du vieil homme l'entourent du mieux qu'ils peuvent. Ils ont des projets pour l'avenir de la « grande maison » et puis, Papou va bientôt être arrière-grand-père !

La suite...

Vous avez aimé votre lecture ?
Découvrez les autres romans des éditions So Romance
disponibles en format papier et numérique.

Les femmes de ma vie
Tome 2 : Esther

Lucie est sur un petit nuage après être finalement retournée avec Louis, qui semble avoir sensiblement changé et être prêt à faire des efforts. Pourtant, ses proches ne semblent pas aussi ravis qu'elle de sa décision de se remettre avec lui. Bien décidée à leur donner tort, elle tente par tous les moyens de raviver la flamme de leur couple. Finalement, le doute s'installe... Et si, finalement, Louis n'avait pas changé ? Lucie trouve alors conseil auprès de sa grand-mère, dont l'histoire d'amour fait sensiblement écho à la sienne. Jusqu'où doit-on se battre pour sauver son histoire d'amour ?

Chemins croisés
Tome 2 : 18 ans

Sa première année de fac touche déjà à sa fin, et les examens arrivent à grand pas. Cat pensait son histoire avec Alex oubliée, jusqu'à ce qu'elle croise le regard du jeune homme, ravivant tous les souvenirs et sentiments qu'elle avait tenté d'enfouir au fond d'elle. Alors que celui-ci semble filer le parfait amour avec Carrie, un rapprochement inattendu décide Cat à lui montrer qu'il compte toujours à ses yeux. Meurtri entre ses sentiments profonds et son désir de protéger Cat de lui-même, le cœur d'Alex balance entre raison et passion.

Because of you
Tome 1 : Un destin chaviré
Audrey ne connait que ça : attaquer pour ne pas être déstabilisée. C'est d'ailleurs ce mécanisme de défense qui lui a permis de devenir une photographe renommée. Elle est fière d'avoir construit son parcours sans l'aide de ses parents riches, qu'elle n'a plus vus depuis trois ans. Forcée de retourner dans le monde qu'elle a fui pour le mariage de son frère, elle demande à son meilleur ami de l'accompagner. Tous les invités sont conviés une semaine en pleine mer sur un bateau de luxe, sans possibilité d'échappatoire. La croisière comptera autant d'invités que de secrets qu'ils cachent.

Les Playboys de San Francisco
Tome 1 : Parce que c'est toi

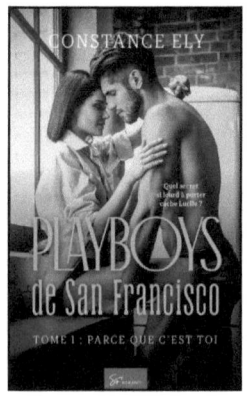

Grant, patron d'une chaîne de restaurants célèbre, retrouve par hasard Lucile, son amie d'enfance, lors d'une visite incognito pour évaluer un de ses nouveaux restaurants. Bien qu'ils luttent tous les deux, ils ne peuvent résister à la passion qui les enflamme dès qu'ils se voient. Mais Grant refuse de s'afficher en public avec elle. Tous deux savent que leur aventure n'est que passagère... Grant enchaine les coups d'un soir, et Lucile sait que s'il découvre son secret, il ne voudra plus d'elle. Tous les deux préfèrent alors se voiler la face et profiter des moments qu'ils passent ensemble.

Pour en savoir plus

www.soromance.com

© Éditions So Romance, 2021 pour la présente édition

Éditions So Romance
10/8, rue Jules Cockx
1160, Bruxelles
www.soromance.com

ISBN : 9782390452775
D/2021/14.771/30

Maquette de couverture : Philippe Dieu
Photo : ©Artem Furman / Shutterstock